光文社文庫

長編時代小説

布石
吉原裏同心(13)
決定版

佐伯泰英

光 文 社

目次

新吉原廓内図

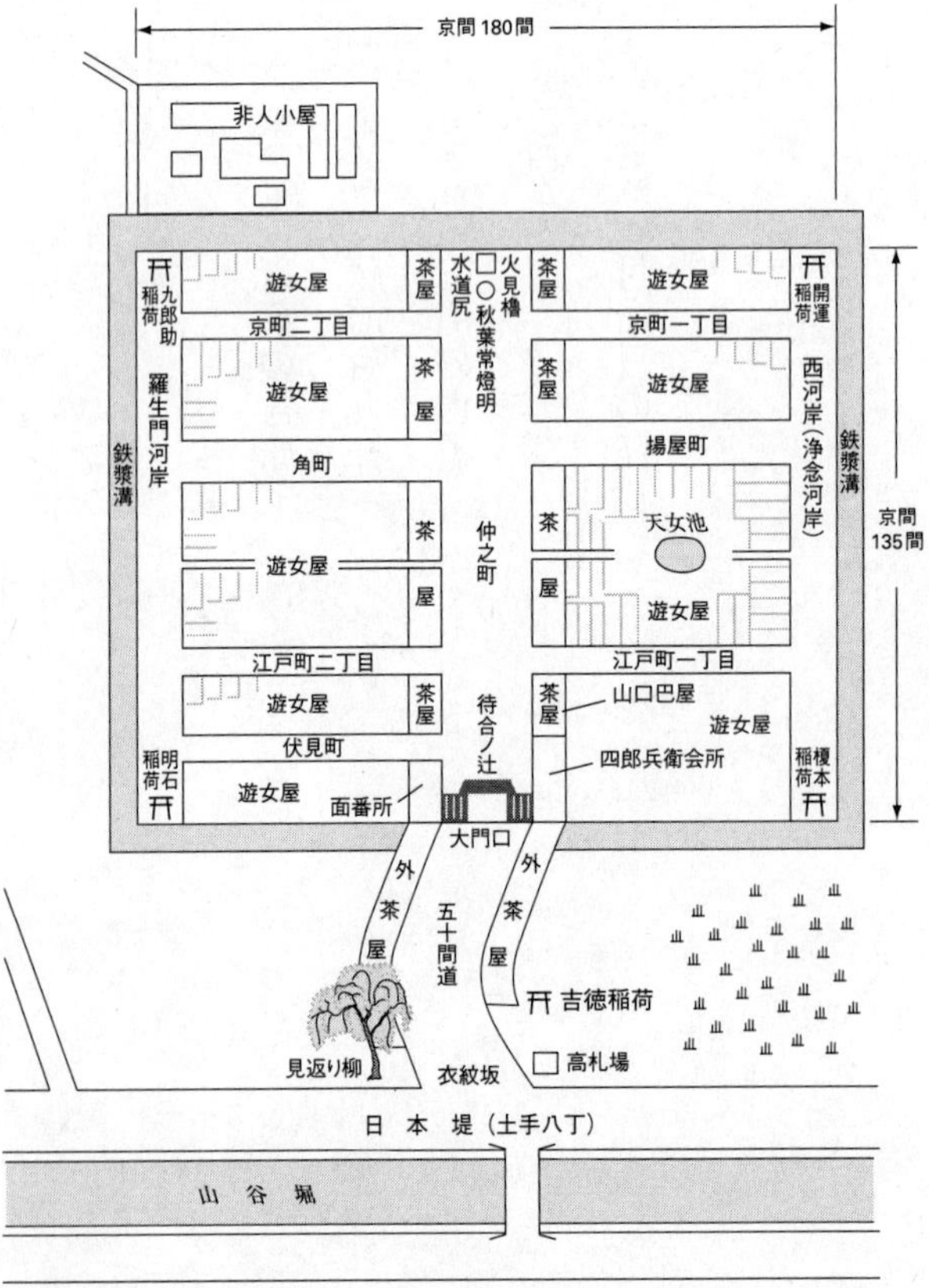
京間180間
京間135間
非人小屋
九郎助稲荷
開運稲荷
遊女屋
茶屋
水道尻
火見櫓
秋葉常燈明
京町二丁目
京町一丁目
羅生門河岸
西河岸(浄念河岸)
鉄漿溝
揚屋町
角町
天女池
仲之町
江戸町二丁目
江戸町一丁目
山口巴屋
待合ノ辻
伏見町
四郎兵衛会所
明石稲荷
榎本稲荷
面番所
大門口
外茶屋
五十間道
吉徳稲荷
高札場
見返り柳
衣紋坂
日本堤(土手八丁)
山谷堀

北
東
南
西
鐘ヶ淵
千住大橋
荒川
隅田村
隅田川
千住道
小塚原
三河島
日暮里
田端
駒込
谷中
日本堤
金杉上町
新吉原
鷲神社
今戸町
山谷堀
今戸橋
浅草寺
千駄木
白山
下谷
東叡山寛永寺
根津権現
御薬園
小石川
本郷
中堂
卍幡随院
広徳寺
阿部川町
東本願寺
浅草花川戸町
吾妻橋
竹町ノ渡し
伝通院
不忍池
新堀川
田原町
三間町
並木町
駒形堂
菊坂町
池之端仲町
下谷広小路
御徒町
蔵前
水戸徳川家
春日町
湯島天神
北割下水
牛込
森田町
御米蔵
石原町
神田明神
外神田
神田川
向柳原
牛込御門
小石川御門
水道橋
天王町
浅草橋
柳橋
神楽坂
御竹蔵
南割下水
昌平橋
筋違御門
和泉橋
柳原土手
番町
両国広小路
本所
市谷
田安御門
俎板橋
雉子橋御門
一ツ橋御門
内神田
馬喰町
両国橋
回向院
竪川
市谷御門
清水御門
神田橋御門
小伝馬町
今川橋
日本橋
常盤橋御門
新大橋
北町奉行所
小名木川
麹町
室町
江戸橋
江戸城
半蔵御門
呉服橋御門
日本橋
南茅場町
仙台堀
深川
材木町
西之御丸
南町奉行所
永代橋
鍛冶橋御門
京橋
組屋敷
八丁堀
霊岸島
富岡八幡宮
赤坂御門
永田町
桜田御門
石川島
西本願寺
数寄屋橋御門
越中島
山王日枝神社
新橋
築地
溜池
佃島
幸橋御門
汐留橋

『布石』主な登場人物

神守幹次郎……豊後岡藩の馬廻り役だったが、幼馴染で納戸頭の妻になった汀女とともに逐電の後、江戸へ。吉原会所の七代目頭取・四郎兵衛と出会い、剣の腕と人柄を見込まれ、「吉原裏同心」となる。薩摩示現流と眼志流居合の遣い手。

汀女……幹次郎の妻女。豊後岡藩の納戸頭との理不尽な婚姻に苦しんでいたが、幹次郎と逐電、長い流浪の末、吉原へ流れつく。遊女たちの手習いの師匠を務め、また浅草の料理茶屋「山口巴屋」の商いを手伝っている。

四郎兵衛……吉原会所の七代目頭取。吉原の奉行ともいうべき存在で、江戸幕府の許しを得た「御免色里」を司っている。幹次郎と汀女を吉原に迎え入れた後見役。

仙右衛門……吉原会所の番方。四郎兵衛の右腕であり、幹次郎の信頼する友。

玉藻……四郎兵衛の娘。仲之町の引手茶屋「山口巴屋」の女将。

三浦屋四郎左衛門……大見世・三浦屋の楼主。吉原五丁町の総名主にして四郎兵衛の盟友であり、ともに吉原を支える。

薄墨太夫……吉原で人気絶頂、大見世・三浦屋の花魁。吉原炎上の際に幹次郎に助け出され、その後、幹次郎のことを思い続けている。幹次郎の妻・汀女とは姉妹のように親しい。

身代わりの左吉……罪を犯した者の身代わりで牢に入る稼業を生業とする。裏社会に顔の利く幹次郎の友。

村崎季光……南町奉行所隠密廻り同心。吉原にある面番所に詰めている。

足田甚吉……豊後岡藩の長屋で幹次郎や汀女と一緒に育った幼馴染。岡藩の中間を辞したあと、吉原に身を寄せ、料理茶屋「山口巴屋」で働いている。

柴田相庵……浅草山谷町にある診療所の医者。お芳の父親ともいえる存在。

お芳……柴田相庵の診療所の助手。仙右衛門とは幼馴染の間柄。

おりょう……吉原に出入りする女髪結。幹次郎と汀女の住まう左兵衛長屋の住人。

伊勢亀半右衛門……浅草蔵前の札差を束ねる筆頭行司。分限者にして粋人として知られる、薄墨太夫の馴染客。

松平定信……老中首座。吉原とは時に協力する間柄。幹次郎と汀女に信頼を寄せる。

布　石——吉原裏同心（13）

第一章　青葉の吉原

一

昼前の五十間道《ごじっけんみち》に板台《ばんだい》のかたかたと鳴る音が響いて、棒手振《ぼてふ》りの龍公《たつこう》が、

「初鰹《はつがつお》の到来だよ」

と景気のいい声を張り上げ大門《おおもん》を潜《くぐ》った。龍公の担ぐ板台から活《い》きのいい証《あか》しに目玉が江戸の空を吹き渡る風を睨《にら》んで光っていた。

初鰹の季節だ。

江戸では縁起のいい魚として知られ、

「俎板《まないた》に小判一枚初鰹」

と宝井其角《たからいきかく》が詠んだように天明《てんめい》期から寛政《かんせい》期にかけて日本橋《にほんばし》の魚河岸《うおがし》に押送《おしょくり》

船《ぶね》（おしょくり）で上がった初鰹には高値がついた。

鰹は南の海から海流に乗って青葉の季節、日本近海に回遊してくる。そして、秋口には南の海へと戻っていく。こちらはいわゆる戻り鰹である。

だが、江戸っ子が珍重《ちんちょう》したのは相州《そうしゅう》江ノ島《えのしま》から鎌倉沖《かまくらおき》で獲《と》れる初鰹で、豪商分限者《ぶげんしゃ》は待ち望んで買った。いや、魚屋が来るのを待てば鮮度が落ちるといって、品川《しながわ》沖に船を出し、鎌倉沖から来るおしょくりに一両を投げ込むと船頭は初鰹一尾《び》を差し出したという。

仲之町《なかのちょう》の空に鯉《こい》のぼりが泳ぎ、空が澄み渡っていた。

龍公が待合ノ辻《まちあいのつじ》で足を止め、水道尻《すいどじり》の方角に向かって、

「今朝方だよ、相州鎌倉沖で獲れた一本釣りの鰹様のご入来《にゅうらい》だ！」

と叫んだ。

七軒茶屋《しちけんぢゃや》を筆頭に引手茶屋《ひきてぢゃや》には青簾《あおすだれ》が掛かり、どこからともなく不如帰《ほととぎす》の啼《な》く声が響いて、菖蒲《あやめ》が植えられた仲之町を薫風《くんぷう》が吹き抜けていく。

神守幹次郎《かみもりみきじろう》は吉原会所《かいしょ》から菅笠《すげがさ》を手に敷居を跨《また》ぎ、魚屋の龍公が板台を天秤《てんびん》に掛け、揚屋町《あげやちょう》との辻に向かうのを見た。

と思わず幹次郎の脳裏《のうり》に五七五が浮かんだ。

吉原は大門が北東に向かって建つ造りだ。北西に向かって延びる揚屋町の角を曲がれば日陰があって、青物や花を商《あきな》う女衆《おんなし》が妓楼《ぎろう》の前で荷を広げていた。

龍公もその日陰の仲間に加わり、板台を下ろすと、呼び声に引手茶屋や妓楼の女将《おかみ》、女衆が初鰹の顔を拝みにやってきた。

「龍公、今朝方、鎌倉沖で捕れた鰹に間違いないかえ」

揚屋町の野崎楼《のざきろう》の女将、お稲《いね》が念を押した。

「女将さん、鰹に訊《き》いてくんな」

「鰹が、わたしゃ相模《さがみ》の鎌倉沖にて釣り上げられ、おしょくりに乗せられて華の吉原に着いたわいな、とでも答えるかえ、龍公」

と歌舞伎役者もどきにお稲が掛け合った。

「おうさ、おれが扱う鰹だ、活きが命よ。女将さん、おしょくりに乗せられて日本橋に着いたんじゃねえ。一本釣りにかかった鰹をそのまんま海中で泳がせ泳がせ、江戸まで生きたまま運んできた鰹だ。嘘と思うなら、鰹に訊いてみな、へい、さようでと返答するぜ」

「龍公、言いやがったね。活きが悪いと突き返すよ」

「鎌倉を生きて出《い》でけむ初鰹ってね、芭蕉《ばしょう》様も詠まれた初鰹だ。だが、真実は、江戸の夏鰹のむれより人の波ってね、こいつがさ、最前《さいぜん》日本橋の賑わいを見上げて驚き、五七五を詠んだのを耳にしたくらいだ」

「へん、鰹が下手な五七五を詠むものか。龍公、大方おまえが詠んだな」

と七軒茶屋の男衆《おとこし》が加わった。

「江戸の夏鰹のむれより人の波、か。そなた、五七五が上手じゃな」

幹次郎が廓内《くるわない》の見廻りに行こうとして通りかかり、話に加わった。

「おや、裏同心の旦那は俳味《はいみ》が分かるね。いい調子だろ、鰹はそんな気持ちじゃねえかな、とおれが言葉並べたんだよ」

「いや、それがしの五七五よりずっと上手だ」

と幹次郎はしきりに感心した。

「旦那、からかうのはよしてくんな。おまえ様の女房は遊女衆に読み書き和歌俳《はい》諧《かい》華道に香道と教える汀女《ていじょ》先生でしょうが。その亭主より上などあるものか」

「いや、それがしのはどれも姉様《あねさま》に披露《ひろう》できぬほどの駄句《だく》でな、いっそそなたの弟子になりたいくらいだ」

「よせやい、それくらい鰹の活きがいいんだと言いたかっただけなんだから」

龍公が鰹にかけていた濡れ筵《むしろ》を剝《は》いだ。

おおっ
という歓声が上がった。

目が生き生きして銀鱗《ぎんりん》が蒼《あお》く輝き、背びれも尾っぽもぴーんと張っていた。

「おまえ様方、鰹の食い方知っているかえ」

「龍公、馬鹿にするねえ。ここは天下の吉原だ。食通大尽《だいじん》が大勢押し寄せる御免《ごめん》色里《いろざと》だぜ。活きのいい鰹を三枚に下ろし、厚めに切って刺身にして食うのがなによりだ」

「さすがに大見世《おおみせ》（大籬《おおまがき》）の台所を預かる板前《いたまえ》の仁《じん》さんだ」

「おっ、褒めたね」

「おめえさんが野州《やしゅう》訛《なま》りの時代から承知の龍公様だ。吉原暮らしが長いからといってまかない飯を作ってばかりじゃ、ほんとうの鰹の食い方は分からねえよ」

「上げたと思ったら、今度は飯炊きに落としやがるか」

「土佐《とさ》の国では三枚に下ろした鰹を竹串に刺してよ、藁《わら》を燃して表皮をあっさりと焼き、そいつを冷水でさあっとしめてよ、水っけを拭き取り、厚めに切ったところをポン酢で食べるそうな、たたきと称する鰹の食い方が絶品だぜ」

「ほう、さすがに魚屋稼業《かぎょう》、鰹の調理まで詳《くわ》しいな。豊後《ぶんご》のわが家では貧しいでな、活きのよい鰹などは購《あがな》えなかった。母者《ははじゃ》が鰹節《かつぶし》を削って炊き立ての麦飯にまぶして、たまりをかけて食べるのが馳走であった」

「お侍《さむらい》、苦労していなさるね。鰹じゃなくて鰹節かえ、そいつも鰹の仲間といえないこともないがな」

龍公が言いながら、

「さあて、お立ち会い、半身《はんみ》に下ろすか一尾買いかえ、初物を食せば三年長生きをこの龍公様が保証するがね」

「面白《おもしれ》え、龍公や。わしゃ、おめえ様にお尋ねしてえ」

と飯炊きの仁さんが野州訛りに戻して尋ねた。

「なんだい、断わりなんぞ要《い》らねえよ。まどろっこしい話をしているうちに鰹が腐らあ」

「五十の隠居がおめえの初鰹を毎年おっ食ったとしようかえ。十年二十年と食い続けたればだ、隠居はどうなる。毎年三歳ずつ寿命が延びてよ、いつまでもおっ死《ち》なない道理だ」

「仁さん、おめえの勘定《かんじょう》は正しいぞ。だからよ、毎年のこの季節に初物の鰹を一本買いしてくんな、おめえは不老長寿の飯炊きだ」

「馬鹿にしくさって」

と掛け合いながらも、

「うちは一尾もらうから三枚に下ろしておくれ」

「うちは半身をもらおうか」

と女衆が龍公に注文した。

幹次郎は勢いのいい商いを見て、揚屋町の蜘蛛道《くもみち》に潜《もぐ》り込んだ。

細い路地のあちらこちらから煮物の匂いが漂ってきた。昼餉《ひるげ》の仕度の刻限《とき》だった。

着流しの幹次郎は菅笠を片手にうねうねと続く蜘蛛道を抜けると、
ぱあっ
と視界が広がった。とはいえ、吉原自体が京間東西百八十間、南北百三十五間、総坪数二万七百六十余坪だ。広大な敷地ではない。

だが、薄暗い蜘蛛道を抜けた目には、揚屋町と江戸町《えどちょう》一丁目の間に広がる場所が広々と感じられた。この敷地の真ん中に湧水《ゆうすい》が溜まった天女池《てんにょいけ》があって、この端にお六《ろく》地蔵が安置され、その傍《かたわ》らに立てられた竹竿《たけざお》の上で鯉のぼりが元気に泳いでいた。

野地蔵の前にふたりの女がしゃがんで花を手向《たむ》けていた。

「姉様、麻《あさ》様」

と幹次郎が呼びかけると、まるで姉妹のように同じ柄の小紋《こもん》を着た汀女と薄墨《うすずみ》太夫《だゆう》が立ち上がり、眩《まぶ》しそうに幹次郎を顧《かえり》みた。

幹次郎が薄墨太夫を源氏名《げんじな》で呼ばず、本名加門《かもん》麻の麻と呼んだのは、吉原の籠《かご》の鳥の太夫が束《つか》の間《ま》の勝手気ままな時を過ごしていると思うたからだ。

「幹どの、お見廻りか」

「爽《さわ》やかな天気にな、誘われてぶらりと見廻りに出て参った」

「仮宅《かりたく》のころは江戸じゅうを走り回っておられたが、吉原に戻って退屈はしませぬか」

と麻が微笑《ほほえ》みかけた。

幹次郎は汀女と麻の顔立ちがまるで異なっているにもかかわらず、雰囲気は姉の汀女、妹の麻と見まごうようだと眩しくもふたりを見つめた。

「なにをしげしげと見ておられる」

「なにやら姉様と麻様がよう似ておいでなので、驚いておる」

ふっふっふ
と女ふたりが同時に笑った。

「どうなされた」

「近ごろ、よう私どももそのように感じます。いつ知れず麻様の仕草を真似ておるときがございましたり……」

「おや、これは汀女先生の口癖《くちぐせ》なのになぜ私が、と思うときがしばしばございまして な、何度か顔を見合わせて笑うたこともございます」

ふたりが言い合った。

「三浦屋《みうらや》の女将様は、汀女先生が髪を立兵庫《たてひょうご》に結い上げて紅おしろいをし、小袖を重ねてきらびやかな打掛《うちかけ》に身を包んで前に帯を締めて、黒塗り畳つきの、高さ五、六寸（約十五〜十八センチ）の下駄を履いて長柄傘《ながえがさ》の下に立てば、薄墨様と見まごうはずと申されましたぞ、幹どの」

「おや、他人様《ひとさま》でもそう思われるか。おふたりは一日とて顔を合わせぬ日はないからな」

「幹どの」

と呼びかけられた声に、

「なんだな、姉様」

と答えかけてその声の主が麻と知れ、

「これはこれは、ややこしいことになり申した」

と幹次郎が困惑の顔をした。

「幹どのは女房をふたり持たれたような、馴染《なじみ》の遊女をふたり持たれたような」

「姉様、いやさ、麻様、滅相《めっそう》もないことを申さんでくだされ。それがしは吉原会所のお情《なさ》けで糊口《ここう》を凌《しの》ぐ身、薄墨太夫の下僕《しもべ》にございますぞ。姉様もそのことを忘れんでくだされよ」

と年下の亭主が威厳《いげん》を見せて汀女に釘を刺した。

「分かっておりますよ、幹どの」

と微笑んだ汀女が、

「主《あるじ》様から幹どのにお話がございますそうな」

「なんでございましょう」

「幹次郎様、御蔵前《おくらまえ》の大旦那に川遊びに誘われました」

と薄墨に戻った麻が言い出した。

吉原の遊女は、末は羅生門河岸《らしようもんがし》の局見世《つぼねみせ》（切見世《きりみせ》）女郎から薄墨のような松《まつ》の位《くらい》の太夫まで鉄漿溝《おはぐろどぶ》と高塀《たかべい》に囲まれた吉原の中に幽閉《ゆうへい》され、吉原が火事になって外に仮宅ができた場合など格別のとき以外は、町中に勝手気ままに出ることは許されなかった。

だが、妓楼の主の信頼が厚い遊女にかぎり、客が春の桜見や秋の紅葉狩《もみじが》りにことよせて、半日遊女を大門の外に連れ出すことができた。むろん遊女は太夫と呼ばれる位で客は上客に限られた。

薄墨が御蔵前の大旦那と呼んだのは、札差《ふださし》百九株を束《たば》ねる筆頭行司《ぎようじ》の伊勢亀《いせき》半右衛門《はんえもん》のことだった。

半右衛門はすでに家業《かぎよう》を倅《せがれ》に譲り、大旦那と呼ばれる楽隠居の身分だが、ときに吉原に出入りして、薄墨太夫の座敷で清談《せいだん》しながら酒を楽しんで気晴らしをすることがあった。

この半右衛門が、

「川遊び」

に連れ出すといえば、三浦屋とて否《いな》とは言えなかった。

半日薄墨太夫を独占するのだ。大金が引手茶屋を通じて三浦屋に支払われたから、妓楼側としても文句はない。また誘い出される遊女は外の空気に触れて気晴らしができたから、外遊び、川遊びは待ち望んだお誘いだった。

「菖蒲の季節に川遊び、風雅《ふうが》にございますな」

と幹次郎が微笑みかけると薄墨が、

「その川遊びに神守幹次郎様と汀女先生のおふたりを誘ってくれぬかと、伊勢亀の大旦那に願われましたのでございます。幹次郎様、いかがにございますか」

と尋ねた。

「われら夫婦は、吉原会所子飼《こが》いの者、まずは四郎兵衛《しろべえ》様のお許しがなければ。われら一存で返答はできませぬ」

「幹どの、三浦屋様からすでに会所には願いが出されて、四郎兵衛様は私ども次第と返答なされたそうな」

「すでに外堀は埋《う》められておりますか」

「いかがです、幹どの」

とふたたび汀女の口調を真似た麻が幹次郎の顔を覗き込んだ。

薄化粧の麻の顔に真剣な表情があった。

「薄墨太夫、姉様は別にしてそれがし、殺伐《さつばつ》とした仕事に従うておりますれば、そのような風雅な遊びに従《したご》うてよいものかどうか」

「幹どの、私をひとり行かせるおつもりか」

「姉様、薄墨太夫がおられるわ」

「どうか、幹次郎様、薄墨のために快《こころよ》くうんと返事をしてくださいまし」

「むろん三浦屋様、吉原会所の七代目が承知したとなれば命《めい》に等しいことです。されど伊勢亀の大旦那に、なんだ、あのような無粋《ぶすい》な奴を連れてきたとあとで薄墨太夫にお叱りがいっても知りませんぞ」

神守幹次郎、お招きお受け致します。

「幹どの、万事この薄墨にお任せあれ」

薄墨が艶然《えんぜん》と微笑んで話が決まった。

ふたたび三人して野地蔵を拝み、池の端から表へと戻ろうと立ち上がった。

その瞬間、幹次郎は五体に馴染の気を感じた。

どこから見つめるのか、三人を監視するような眼だった。ひとり歩きの遊女に眼がつくとしたら、吉原に入ったばかりの新米か、足抜《あしぬき》を企《くわだ》てそうな遊女に楼がつける男衆の監視だろう。

だが、薄墨は川遊びにすら許しが出るほど三浦屋の信頼厚い太夫だった。それに神守幹次郎は、吉原の自治と治安を守る吉原会所の裏同心である。その幹次郎が同伴する薄墨に楼や会所の眼がつくはずもない。

（またぞろよからぬことを考える者が現われたか）

その時はその時のことと、幹次郎は女ふたりにそのことを告げる気はない。幹次郎が先に立ち、その背後に薄墨、そしてしんがりに汀女という順番で薄暗がりの蜘蛛道を抜けて、揚屋町に出た。

棒手振りの龍公は初鰹を売り切ったのか、もう姿はなかった。

「幹どの、私は料理茶屋に参りますでな、薄墨様を三浦屋様まで送ってくだされよ」

汀女が幹次郎に命じた。

「汀女先生、三浦屋は、ほれ目と鼻の先、薄墨は独りで戻れます」

「いえ、薄墨様になにかあってもいけませぬ。ちゃんと帳場《ちょうば》までお連れして、旦那様と女将様にご挨拶を願います」

と汀女が重ねて命じた。

そのとき、汀女も野地蔵の前で、監視の眼を感じ取っていたのかと推量《すいりょう》した。

三浦屋は仮宅の間、浅草東仲町《あさくさひがしなかちょう》に水茶屋二軒を借り切って商いを続け、その近くの並木町《なみきちよう》で、七軒茶屋の筆頭山口巴屋《やまぐちともえや》が料理茶屋を商っていた。これは仮宅の上客を料理茶屋に招いて接待する場であったが、食べ物と接待が評判を呼び、仮宅が終わったあとも料理茶屋の商いを続けることになった。そこで七軒茶屋の女主の玉藻《たまも》を助けて、汀女が料理茶屋の手伝いに加わっていたのだ。

三人は仲之町の辻で別れた。

「姉様、気をつけて参られよ」

幹次郎の言葉に汀女が首肯《しゆこう》して背を向けた。その背を見送りながら薄墨が、

「汀女先生になりとうござんす」

と思わず呟《つぶや》いた。

「どこへなりと大門の外に出歩くことができる姉様の身に憧《あこが》れなさるか」

と思わず幹次郎は訊いていた。

「そうではございません」

薄墨が先に立って三浦屋に向かいながら、あとに従う幹次郎に、

「幹どのといつも一緒にいることができる汀女先生が羨《うらや》ましく思います」

と囁《ささや》いた。

「薄墨太夫、われら、それなりに忙しゅうてな、なかなか顔を合わせる暇もなく

なりました」

と幹次郎は薄墨の言葉の意を取り違えたように答え、

「伊勢亀の大旦那はわれら夫婦を川遊びに呼んでどうなさるおつもりか」

と話柄《わへい》を変えた。

「大旦那は前々から幹次郎様に関心があったそうな。こたびの川遊び、なんとしても神守幹次郎様をお誘いしてくれとのお言葉がございました」

「なに、姉様ではのうてそれがしをお呼びか」

「はい」

薄墨が答えて三浦屋の見世の前に下がった暖簾《のれん》を分けた。

不意に表から中に入り、薄墨と幹次郎の目が閉ざされた。

初夏の強い光の下から急に屋根の下に入って瞳孔《どうこう》が開くのが追いつかなかったのだ。

「あれ」

と小さな叫びを漏らした薄墨が背後に従う幹次郎に体を寄せて、

「幹どの、好きでありんす」

と言うと薄墨の吐息が幹次郎の顔に芳《かぐわ》しく香った。

二

汀女が、浅草田町《たまち》の左兵衛《さへえ》長屋の前に差しかかると、

「おや、汀女先生、お早いお帰りで」

と長屋の女衆が総出で冬ものの綿入《わたい》れを解《ほど》いて洗い張りをしており、女髪結《かみゆい》のおりゅうが声をかけてきた。

「これからが仕事なの」

「山口巴屋さんにお出ましだね、しっかりと稼《かせ》いでおいで」

という長屋の女衆の額《ひたい》には汗が光っていた。

入会地《いりあいち》の間を抜けると浅草田圃《たんぼ》に苗《なえ》が植えられて、季節の風に揺れていた。すると水面《みなも》に姿を映す白鷺《しらさぎ》も揺れた。

出羽本庄《でわほんじょう》藩下《しも》屋敷の六郷《ろくごう》屋敷から謡曲《ようきょく》の調べが流れてきて、汀女の気持ちを幼き日の武家屋敷へと誘《いざな》った。

汀女が生まれ育ったのは西国《さいごく》、豊後岡《おか》藩のお長屋だが、お使いに出された道々、白壁の塀の向こうの武家屋敷から謡《うた》いが流れてきて、なんとなく雅《みやび》な気分にさ

せられたものだった。

（遠い道のりを歩いてきたものだわ）

汀女は、後戻りのできぬ道と思いつつ、幹次郎の誘いがなければ武士でありながら金貸しに勤《いそ》しむ亭主の藤村壮五郎《ふじむらそうごろう》との暮らしが今も続いていたと思い、ぞっとした。

あの日、幹次郎の願いを受け止めた自らの決断に悔《く》いはなかった。

その代わり、岡城下を逐電《ちくでん》して妻仇討《めがたきうち》として追われる歳月を旅の空の下に過ごした。長い流離《りゅうり》の末に吉原会所に救われて、ようやく人並みの暮らしができるようになった。

汀女は一瞬の間に流転《るてん》の日々を思い起こし、

（これでよかった）

と改めて思った。

田圃に沿って疏水《そすい》が流れ、汀女は六郷屋敷の方角に曲がった。

「おや、汀女先生ではござらぬか、山口巴屋に参られるところかな」

六郷屋敷の門番が汀女に挨拶した。

汀女が毎朝六郷屋敷の前を通り挨拶するので、門番も汀女がだれか分かったのだ。

「よい時候になりました」

「いかにもいかにも」

六郷屋敷の塀に沿って寺町《てらまち》に抜け、浅草寺《せんそうじ》奥山へと入っていった。

並木町の山口巴屋に行く近道だからだ。

そのとき、汀女は刺すような視線を感じた。

本日二度目のことだ。一度目は揚屋町裏の天女池の端でだった。

幹次郎の微妙な緊張を汀女は読み取り、蜘蛛道を歩く際、阿吽《あうん》の呼吸で夫婦して薄墨の前後を囲んで表に出た。薄墨は気づいていなかったが、その身を守るのがふたりの務めだった。

幹次郎に薄墨を三浦屋まで送らせたのもそのためだ。夫婦だけの以心伝心《いしんでんしん》で動いていた。

あの殺気がこちらに来たか。

汀女は白昼《はくちゅう》のこと、なんぞ悪さを仕掛けてくる者もあるまいと考えながらも、まだ見物人のいない奥山の見世物小屋の前を通り過ぎようとした。すると向こうから絹物《きぬもの》の羽織《はおり》を着た男が歩いてきて、

「神守汀女様ですな」

と問うた。

年のころは四十前後、中店《ちゅうだな》の主か、いや大店《おおだな》の番頭と、その目つきと仕草から睨んだ。

（主とは違う、奉公人だ）

と汀女は思った。奉公人の計算とずる賢《がしこ》さみたいなものが面《おもて》にあったからだ。

「いかにも神守幹次郎が妻、汀女にございます」

「夫婦して吉原会所に身を預けておられるそうな」

「ようご存じにございますな。失礼ながらそなた様は」

「挨拶が遅れましたな、札差香取屋《かとりや》の大番頭次蔵《おおばんとうつぎぞう》にございます」

「はて、香取屋様の大番頭どのにお目にかかったことがございましたかな」

「いえ、お初にお目にかかりますな」

「なんぞ私に御用にございますか」

と尋ねる汀女の視界の端に夏羽織を着た武家と武芸者《ぶげいしゃ》風の侍が映《えい》じた。こちらをちらちらと牽制《けんせい》するように見る様子から、香取屋の大番頭の連れと思えた。

「言《こと》づけがございましてな」

次蔵はなかなか用件には入らなかった。

「亭主どのにただ今の暮らしを大事になされと伝えてくれませぬか」

「大番頭どの、異《い》な言葉ですね。わが亭主どのにそれで分かりましょうか」

ふっふっふ

と声もなく相手が嗤《わら》った。

「さすがに遊女三千の手習い師匠、なかなかの度胸と才気《さいき》かな」

「大番頭どの、聞きようによっては脅《おど》しにも取れまするな。ご存じかどうか、私ども夫婦は吉原会所に拾われた身、いかにもただ今の境遇を大事にも有難《ありがた》くも思うております。ゆえに吉原会所を裏切る真似をした覚えはございません。まして他人様の香取屋の大番頭どのからそのようなご忠告の言葉を頂戴する謂《いわ》れもなかろうと思います」

「汀女先生、脅しなど滅相もありませんぞ。私は、ご亭主どのも汀女先生も吉原会所のご奉公専一《せんいつ》になされとご忠言申し上げているだけにございます」

と相手が繰り返した。

「重ねて尋ねます。いささか大番頭どのの言われる意が分かりかねます」

「汀女先生、そなた様は吉原の女郎に読み書きから和歌、俳諧と文芸百般を伝授なさる女師匠、なかなか利発な女性《にょしょう》と評判を聞いております。そのうちにな、私の申したことにはたと気づかれるときがございましょう。お分かりになるのはそのときで宜《よろ》しゅうございます」

次蔵は汀女をゆっくりと睨み据《す》えて言い放《はな》つとくるりと踵《きびす》を返して、ふたりの武家のもとへと戻った。そして、三人してちらりとこちらを窺《うかが》っていたが、芝居小屋の陰へと姿を消した。

汀女が浅草寺門前並木町の料理茶屋山口巴屋の門を潜ったのは昼餉の刻限だった。玉藻が門から表戸へと続く飛び石に立ち、青葉が眩しい楓《かえで》を眺めていたが、汀女の強張《こわば》った顔を見て、

「おや、汀女先生、なんぞございましたか」

と尋ねた。

「さすがに玉藻様は客商売を長年やってこられたお方、私の顔色など即座に見抜いてしまわれました」

「なにがございましたので」

汀女は奥山で札差香取屋の大番頭次蔵と名乗る者にいきなり話しかけられた意

味不明の一件を告げた。

「なんと香取屋の大番頭が」

と呟いた玉藻がしばし考えた末に、

「汀女先生、お父《とっ》つぁんからなんぞお話はありませんでしたか」

と尋ね返した。

「いえ、この数日、四郎兵衛様にはお目にかかっておりませぬし、幹どのもなにも申しませんが」

首肯した玉藻がずばりと言った。

「香取屋の商いが絡《から》む一件ですかね。吉原とは直《じか》になにかがあるというわけではなさそうな」

「札差となると」

「なにか心当たりが」

と玉藻が訊いた。

「半刻《はんとき》（一時間）前のことです。薄墨様からの話がございました。札差伊勢亀の大旦那が川遊びに薄墨様を招き、その席に私ども夫婦を呼んでくださるという話を頂戴したばかりです」

「薄墨様からお聞きになったので」

「はい、いかにもさようです」

しばし沈思《ちんし》したのち、頷《うなず》いた玉藻が、

「おそらく札差香取屋の大番頭が遠回しに脅しをかけてきた理由《わけ》は、その一件に絡んでのことのように思います。汀女先生、私がお父つぁんに尋ねてみます。不快にございましょうがしばらくご辛抱《しんぼう》願えますか」

「玉藻様、私はなんの痛痒《つうよう》も感じませぬ、ご斟酌《しんしゃく》は無用に願いましょう」

香取屋の大番頭がわざわざ待ち伏せしたことに意味があると分かれば、汀女の不安は消えた。笑みの顔に戻した玉藻が、

「昼餉は板《いた》さんが鰹を沖漬け風にして炊き立てのご飯に載せて供《きょう》するそうです。私もまだ食べたことがございません、汀女先生、ご一緒に食しましょうか」

と誘われ、奥山の一件は汀女の脳裏から完全に消えた。


菅笠を被って初夏の光を避けた幹次郎は、着流しの腰に和泉守藤原兼定《いずみのかみふじわらかねさだ》を落とし差しにして馬喰町《ばくろちょう》の煮売り酒場の前に立った。それを小僧の竹松《たけまつ》が目ざとく認めて、

「神守様、久しぶりですね」

と満面の笑みを送ってきた。

ざっかけない店の中では時分《じぶん》どき、馬方《うまかた》や人足《にんそく》がめしを掻き込む気配が表まで伝わってきた。そんな客の荷馬や空駕籠《からかご》が店先に見えた。

しばらく見ぬ間に竹松の背丈《せたけ》が二寸（約六センチ）ほど大きくなっていた。その分、お仕着せの裾から脛《すね》が長く伸びていた。

「竹松どの、前髪が取れるときが近づいてきたな」

「神守様、約束忘れてないよね」

竹松の顔が真剣味《み》を帯びた。

「だれが忘れるものか。竹松どのの筆下ろしは、吉原の人柄のいいお女郎さん、それを選ぶのがそれがしの役目であったな」

幹次郎が竹松にだけ伝わる小声で囁くと竹松の顔が紅潮《こうちょう》して、

「お客さんから頂戴した一文二文のご祝儀をせっせと親方に預けて貯めているからね」

「それは殊勝《しゅしょう》な心がけじゃな。そなたの元服《げんぷく》はそう遠くなかろう。親方はなんと申しておられる」

「薄墨太夫のような女郎さんがいいと言ったら、百年経《た》っても揚げ代《あだい》には追いつくまいと笑われました。やっぱり太夫さんは駄目かな」

「まあ、高嶺《たかね》の花じゃな。だがな、竹松どの、なにも松の位の太夫さんばかりがいい女郎さんではないぞ。小見世《こみせ》（総半籬《そうはんまがき》）や中《ちゅう》見世（半籬）にも気立てがよくて、見目麗《みめうるわ》しい女郎さんはたくさんおられるでな」

「そうか、おれには小見世の女郎さんが似合いか」

「どうしても薄墨様となると親方が申される通り、竹松どのがこちらで生涯奉公して願いが叶《かな》うかどうか」

そんなにも、と茫然《ぼうぜん》とした顔つきをした。

「白髪《しらが》頭になるまで辛抱できるか」

日差しの下で竹松が腕組みして考え込んだ。

「竹松どの、そなたが待てたとしても薄墨太夫も相応に年を取られるぞ。時の流れに分け隔《へだ》てはないでな。そなたが白髪頭となれば、薄墨様は腰が曲がったお婆様じゃぞ」

「ええっ、いくらなんでもそれは駄目だよ。よし、おれは小見世の気のいい女郎さんでいい」

肚《はら》を固めた竹松が幹次郎に笑いかけるところに駕籠屋がめしを食い終え仕事に戻ろうとして、

「竹松、吉原に行く銭《ぜに》は貯まったか」

と冗談を飛ばした。ふたりの問答を耳にしていたか。

「うるさいよ、新吉《しんきち》さん。なにもあなたに相談なんかしてませんからね」

「竹松、吉原というところ、下の毛が生え揃《そろ》うてな、ようやく楼に上げてくれる仕来たりだぞ、生え揃ったか」

「えっ、新吉さん、ほんとうか」

と竹松が自分の股間《こかん》を眺めた。

「へっへっへ」

と笑った駕籠屋の新吉が息杖《いきづえ》を握ると先棒《さきぼう》に肩を入れ、

「兄弟、竹松をからかっていたら、品川辺りに繰り込みたくなったぜ。どこかでお大尽の客がよ、女郎屋に駕籠を着けよ、ついでにおめえらも遊ばせてやろうか、なんて言わないかね」

「そんな調子のいい話があるものか。竹松と違ってこちとら深川《ふかがわ》の櫓下《やぐらした》の年増《としま》女郎が似合いの口だ。どうするよ」

「そうよな、女は恋しいがよ、化け物女郎の顔は昼の最中《さなか》に見たくねえものな」

と言いながら日差しの下に出ていった。

「なんだか、新吉さんたちの話を聞いていたら夢がしぼんできた」

「竹松どの、人それぞれの道がある。それがし、そなたの願いを叶えると約束した。夢が叶《かの》うた暁《あかつき》には、その思い出が生涯残るようなものにしてやろう、案じめさるな」

「約束だよ」

頷いた幹次郎は菅笠の紐を解いて、薄暗がりの店に一歩踏み入れると、

「いらっしゃい」

と虎次《とらじ》親方の声がした。

幹次郎は込み合う虎次の店の中を見渡した。すると、

「また竹松に例の念押しをされておりましたか」

と身代《みが》わりの左吉《さきち》がいつもの席で笑っていた。

「おや、運がよい。まさか左吉どのが昼間からおられるとは考えもせなんだ」

「急ぎの様子ではなさそうな。とはいえ、こちとらの顔が懐《なつ》かしくて会いに来られたわけでもなさそうで」

と左吉が応じながら、

「暑気払《しょきばら》いに冷《ひ》やで呑み始めたところでさ。神守様は行儀の悪い左吉の相手はなさるまいな」

「一杯だけお付き合い致そう」

「そうこなくっちゃあ」

左吉が手にしていた白磁《はくじ》の杯《はい》を呑み干すと滴《しずく》を切って幹次郎に差し出した。

「これは恐縮」

幹次郎は腰から一剣を抜くと左吉の前に座り、杯を受け取った。左吉が徳利《とっくり》の酒を注《つ》いだ。

「頂戴致す」

幹次郎は冷や酒を静かに呑み干した。

炎天下、歩いてきた五体に酒が沁み渡っていった。

「もう一杯どうです」

「いや、十分にござる。酌《しゃく》をさせてもらおう」

杯と徳利を交換して左吉の杯を満たした。それを受けた左吉が、

「仮宅から吉原に戻り、あれこれと多忙の様子ですな」

「綺麗さっぱりと燃え尽きた吉原です。すべて新規に揃えたつもりで、意外なものが足りなかったりして、どこの茶屋も妓楼も男衆が孫の手を買いに走り、女衆は使い慣れた笊《ざる》やら味噌濾《みそこ》しを探し回っておられますよ」

と幹次郎が笑い、

「左吉どの、ご稼業は忙しゅうござるか」

「夏枯れかね。いつもの年なれば、この時期にはなにかしら小さな話とかが舞い込むものですがな」

と苦笑いした。

左吉の稼業はいささか風変わりなものであった。

罪咎《つみとが》を犯して奉行所に出頭を命じられたお店の主や番頭の身代わりに伝馬町《てんまちょう》の牢屋敷にしゃがんで、罰を帳消しにしてもらうという身代わり稼業だ。むろん殺しなどの重罪人の身代わりではない。経済事犯やせいぜい賭場《とば》に出入りするのを咎められた類《たぐい》のものだ。

罪咎を犯した者から奉行所にもそれなりの付け届けがいき、身代わりが牢入りすることを黙認した上で成り立つ稼業だ。

「なんぞ御用ですか」

「御用かどうか、金になるかどうかも分からぬ。いささか知恵を借りに参った」

「なんですね」

「札差百九株を束ねる筆頭行司の伊勢亀半右衛門様が薄墨太夫を川遊びに誘われ、それがし夫婦も招かれた」

「ほう、薄墨様を誘って川遊びか、豪儀《ごうぎ》なものですね。こちとらの牢入りを待望する話とはだいぶ違う」

と左吉が笑った。

「伊勢亀の大旦那がなぜわれら夫婦に関心を持たれたか」

「ただの粋狂《すいきょう》とは違うと申されるので」

「姉様だけなればまだ話も分かる。それがし、和歌俳諧遊びに暗くただの武骨者《ぶこつもの》にござれば、川遊びに同行したところで座持ちもできぬ」

「いえ、神守様の名は今や吉原の廓外にも知れておりますでな、招かれたところで不思議はない」

と応じた左吉がそれでもしばし沈思したあと、

「札差の筆頭行司伊勢亀の周《まわ》りになんぞ起こっておるか」

と自問するように言うと、

「二、三日、時を貸してくだされ」

「御用ともいえぬ話にござれば、急ぎはしませぬよ」

「川遊びはいつのことで」

「だいぶ先の話にござる」

「ならば日にちをかけて調べ上げます」

と答えた左吉が思案に落ちた。

三

爽やかな日々が静かに流れていく。

この日、吉原会所の番方仙右衛門《ばんかたせんえもん》は、七代目の四郎兵衛に願って半日の休みをもらった。浅草山谷町《さんやまち》にある柴田相庵《しばたそうあん》の診療所を仕切る女衆お芳《よし》との話し合いがあった上でのことだ。

五つ（午前八時）前、診療所内の長屋に住むお芳を訪ねようと傾きかけた木戸門を潜ると、庭先で柴田相庵が両手をぶらぶらさせたり足踏みしたりと奇妙にも体を動かすところに出くわした。

「相庵先生、ほんとうにお芳をお借りしてようございますか」

「念押しは要らぬ。お芳を水茶屋《みずぢゃや》でもどこでも連れ込め」

と相庵が乱暴なことを言った。苦笑いした仙右衛門が、

「そんなことできませんや」

「どうしてだ。そなたらは廓内で兄妹のように育った仲ではないか。互いに尻《けつ》のけばまで承知であろう」

「先生、たしかにお芳のおしめは替えましたがね、そりゃなんでも言い過ぎだ」

「なにが言い過ぎだ。そなたらは互いに惚《ほ》れ合っておる、周りも一日も早く所帯を持つことを望んでおる。男のそなたがなにを迷うておるのだ」

「相庵先生はお芳の親父《おやじ》の最期《さいご》を看取られ、おっ母《か》さんもあの世に見送られた。その後はお芳の親代わりも務めてこられたはずです、親父様、お芳を引っ攫《さら》っていいんですね」

「今さら念には及ばない」

即答した相庵が両手を振るのを止めて思案した。

「なんぞ差し障《さわ》りがございますので」

「そなたも人の顔色を気遣って生きる気性の持ち主か」

と反問した相庵にまた仙右衛門は問い返した。

「他にだれか心当たりが」

「お芳よ。わしの考えておることを先回りして治療《じりよう》の仕度をする癖がついたか、生来《せいらい》の心根か、患者の気持ちを斟酌してあれこれと気遣いしておる。その結果、一日の診療が終わったときには自分だけがくたくたに疲れ切っておる。それでは治療する側が病に倒れるぞ、少しは息を抜けと申すのだがな、このほうが楽なのですとわしの言うことを聞かぬ」

と憮然《ぶぜん》と呟いた相庵が、

「番方、おまえさんとお芳が所帯を持つのには賛成じゃが、直《す》ぐに診療所を辞《や》められても叶わぬなと思うただけだ」

と最前の仙右衛門の問いに答えた。

「相庵先生、わっしからの願いだ。お芳は相庵先生の診療所を切り盛りして、患者や怪我人から頼りにされていまさあ。当人も辞める気はねえようだし、当分仕事を務めさせてやってくだせえな」

「そうか、お芳がその気なれば願ったり叶ったりだ。ともかくだ、親代わりのわしの命だ、今日にもお芳と一緒になれ」

「犬猫の子をもらうんじゃないや、そんなことはできませんよ」

仙右衛門が答えたとき、白地の単衣《ひとえ》に薄化粧をしたお芳が合切袋《がっさいぶくろ》と日傘を手に提《さ》げてふたりの前に姿を見せた。

「ほう」

相庵が奇妙な運動を止めて、お芳を見た。

「先生、なにかおかしいですか」

お芳が切り口上《こうじょう》で尋ね返した。

「お芳ではないような気がしてな、まるで余所《よそ》の女を見るようじゃ。女は変わるものじゃな、薬臭《くさ》いお仕着せを着て立ち働いておるときとは別人じゃ」

「やっぱりおかしいですか、先生」

「おかしくはないぞ。とくと考えればそなたはまだ若いのだ。それになにより顔立ちも整っておる。つい身近であれせえこれせえと働かせてきたせいで、すっかりお芳の素顔を忘れておった」

と相庵が嘆息《たんそく》した。

「おかしな先生だこと。番方、どう思います」

「どう思うって、相庵先生のことか」

「違います。私の形《なり》よ」

「見間違えたぜ、相庵先生の申される通りだ。おれも長いことお芳の素顔を忘れていたのかもしれねえな」

「おかしなふたりね。番方、墓参りにこの形でいいのね」

「それでいい」

仙右衛門が眩しそうな目でお芳を見て答えた。

「なにっ、ふたりして墓参りに行くというのか」

「へえ、お芳がお父つぁんとおっ母さんの墓に詣《もう》でたいと申すものですから」

「長年、想いを秘めてきたおまえらがようやくふたりだけで出掛けるというのに行き先は墓か」

「いけませぬか」

「いけなくはないがのう。もそっと艶《つや》っぽいところがあろう」

「先生、もそっと艶っぽいとはどういう場所にございますので」

「いいか、お芳。番方が誘うたら恥ずかしがらずにな、決して拒《こば》んではならんぞ。と申してだ、女のお芳が先に門を潜るようなことがあってはならぬ」

「先生、番方が私をどこに連れ込もうというのです」

「そなたも意地が悪いのう。患者どもが少し元気になるとあれこれとからかいの言葉を投げて、男によってはそなたの尻を触りながらともに参ろうと口説《くど》く場所があろうが。それくらい知らぬそなたではあるまい」

ふっふっふ

とお芳が笑った。

「老先生、お芳をいくつとお思いですか」

「まあ、十七、八ではないからのう、親代わりがやきもきすることもないが。まあよい、この十数年を思えばふたりで出かける気になっただけでも進歩かもしれぬ。墓参りなりなんなり行ってきなされ」

最後は相庵がお手上げという顔で命じた。

「相庵先生、夕暮れ時分にはお芳を送ってきますでな」

「会所から夕暮れまでと釘を刺されたか」

「いえ、そんなわけでは」

「そなたも気が利かぬな。男と女の仲は夕闇が訪れて、ようやく事が成就《じょうじゅ》するのだぞ。帰る刻限など気にするな」

柴田相庵が、行け行けとふたりを木戸門の外に追い出し、ふたたびたこ踊《おど》りのような体操を始めた。

お芳の両親の菩提寺《ぼだいじ》は、日光御成道《にっこうおなりみち》の駒込追分《こまごめおいわけ》から五、六丁（約五、六百メートル）北に下った浄心寺《じょうしんじ》だ。この界隈《かいわい》、里の人が鰻縄手《うなぎなわて》と呼ぶ寺町の一角にある小さな寺だった。

仙右衛門とお芳は、一旦日本堤《にほんづつみ》（通称土手八丁《どてはっちょう》）に出ると三ノ輪《みのわ》に向かった。

「お芳、柴田先生はおめえを実の娘のように思うておられるな」

「おっ母さんが亡くなって九年、その前にお父つぁんが逝《い》きましたからね、天涯《てんがい》孤独の私を不憫《ふびん》に思われたんでしょう。先生にも身寄りがありませんからね」

「相庵先生には若いころ、嫁女《よめじょ》がおられたと聞いたがな」

「師匠の宮内典岳《みやうちてんがく》先生の娘御《むすめご》と所帯を持たれたそうです」

「生き別れと聞いたがな」

「飯炊きのおくま婆様から聞いたことがあります。宮内先生の患家《かんか》は分限者や大《たい》身《しん》の武家、診察料も過分で内証《ないしょ》も豊かだったそうな。一方、相庵先生は遊里近くで貧乏人を相手の診療所、夜昼の区別なく押しかける患者の世話で一日が暮れる。その割には、いつも汲々《きゅうきゅう》として暮らしに余裕があったためしはない。乳母日傘《おんばひがさ》で育ったお嫁様は辛抱し切れずに実家に戻られ、別の門弟のもとに嫁に行かれたと聞きました」

「相庵先生は、以来男やもめを通されたか」

「お好きな人がいたとしてもまた同じ轍《てつ》は踏みたくないと考えられたのではございませんか」

「この界隈の長屋暮らしの者がどれほど相庵先生の世話になっていることか、相庵先生がいたればこそ助かった命がいくつもある。女は相庵先生の偉《えら》さを見ないからね」

「女といっても人それぞれです。相庵先生は自らが独り暮らしをしてこられたので、私にやいのやいのと申されるのです」

「お芳、改めて訊くがおまえと所帯を持ちたいという男は現われなかったのか」

「気にかかるの、仙兄ちゃん」

お芳が幼いころ使っていた呼び名で訊いた。

「そうよな」

いつの間に広げたのか、お芳が日傘を仙右衛門の頭に差しかけ、腕を絡めた。

「正直に答えなさいよ、兄さん」

「噂を耳にしないわけじゃなかった」

「ならばどうしてそのとき、芳に会いに来なかったの」

「さあてな、お芳を信じていたのかもしれないな。おれの勝手な思い込みだがな」

「芳がどなたかのもとに嫁にいったら兄さんはどうしたの」

「どうにも致し方あるめえよ。おめえが望んでいったんだ、きっと幸せになれよと遠くから眺めていたろうな」

「それだけ」

「他にどうせよと言うのだ」

「神守様は他人の嫁様になった汀女先生を攫って、長い歳月妻仇討の追手にかかった暮らしを貫き通されたのよ。神守様が汀女先生を思う気持ちほど、兄さんの気持ちは熱くないのね」

「お芳、無理を言うねえ。神守幹次郎様と汀女先生の道行《みちゆき》は命を張ったものだ、だれに真似ができるというものか。人それぞれ、男が女を想い、女が男を感じる心持ちは違うんだ」

「逃げたな、仙右衛門」

「逃げはしねえ。だがな、おれはお芳と所帯を持つという気持ちを封印して生きてきたのだ、といっておまえが他人様の腕に抱かれる光景なんぞ考えたくもなかったがね」

「そうだったの」

「おれは吉原会所の男衆だ、三千人の女郎衆を吉原って籠の中に押し込めておくのが務めだ。そんなおれが務めを終えて、長屋に戻り、お芳と一緒に膳を囲んでよいものか、と思っていたのかね」

「吉原の廓内には男の欲望と女の哀《かな》しみが渦巻いているものね。兄さんが吉原会所の男衆になったと聞いたとき、私、兄さんは独り者を通すのだと思ったわ」

「ほう、そんなことを芳っぺがな」

「私がこの歳まで独り身を通したのはそのせいかもしれない」

とお芳が呟いた。

「お互い遠回りしてきたものよ」

「大事な人が傍《そば》にいたのにね」

東叡山《とうえいざん》の北側の根岸《ねぎし》から金杉村《かなすぎむら》に差しかかり、周りには田圃が青々とした苗を爽やかな風に揺らしていた。

光が段々と強さを増して、お芳のうなじに汗が光るのを仙右衛門は幸せな気持ちで見た。

ふたりが浄心寺に到着したのは四つ（午前十時）過ぎの時分だった。

お芳はなぜ両親が吉原に流れ着き、廓内で貸本屋を営《いとな》むようになったか知らなかった。物心ついたときから狭い蜘蛛道の一角にあるひと部屋で三人が暮らし、父親が大風呂敷にどこから借りてきたか、黄表紙《きびょうし》や浮世草子《うきよぞうし》を包んで商いに出るのを見送った。

「おっ母さん、父ちゃんはどこに行くの」

「お女郎衆のところに本を貸して歩くのがおまえのちゃんの稼業だよ」

と母親が言い、

「お女郎さんか」

「お芳、おまえ、大きくなったらこの家を出るんだよ」

「どうして」

「ちゃんはおまえが大きくなるのを待っているんだよ。左団扇《ひだりうちわ》で楽に暮らそうと思ってね」

「お芳が大きくなったらどうして楽になるの」

「いいかえ、ちゃんに言っちゃいけないよ。ちゃんはおまえを女郎さんとして売るつもりなんだよ。妓楼も決めてあるよ」

女郎さんもいいかなと、幼いお芳はちらりと考えたが、母親を見ると険《けわ》しい形相《ぎょうそう》で空《くう》を睨みつけていた。

それから十数年後、父親が亡くなったとき、だれの世話か浄心寺に亡骸《なきがら》が埋葬された。


庫裏《くり》で閼伽桶《あかおけ》を借りた仙右衛門とお芳は、小さな墓地の端っこにある沢庵石《たくあんいし》ほどの自然石の墓を水で洗い、線香と花を手向けて、墓前にふたり並んでしゃがむと手を合わせた。

「気持ちが定まったわ」

と墓参りを終えたお芳が仙右衛門に告げた。

「なんの気持ちだ」

「内緒よ」

と微笑んだお芳が、

「兄さん、お芳をどこにでも連れていって」

と今度は固い表情で言った。

仙右衛門は下谷茅町《したやかやちょう》に開店したばかりの季節料理を出す料理茶屋にお芳を連れていった。

京料理を修業してきた料理人が腕を揮《ふる》う料理茶屋で、竹林《ちくりん》の中に数軒の離れ家が点在し、料理と酒を楽しみ、男女の密会の場所にも使われた。

お芳は初めての経験に身を固くしていたが、初鰹と筍《たけのこ》の木の芽和《あ》えにすっかりご機嫌になり、

「兄さん、こんなところにだれと来たの」

「お芳、おれだって初めての店だ。玉藻様に今日のことを相談したら、ならばとこの茶屋を紹介してくれたんだよ」

と手の内を明かした。

昼酒を二合ほど呑み合い、お芳の顔がほんのりと赤くなったころ、

「薄墨太夫が川遊びに誘われたんですってね」

お芳が言い出した。

「蔵前の札差伊勢亀半右衛門の大旦那にな。ようも承知だな」

「蔵前に勤める奉公人がうちの先生に熱心なの。その人が控《ひか》えの間でそんな話をしていたわ」

「なんぞ気になることでもあったか」

仙右衛門が問い質《ただ》したのはお芳の口の堅さを承知していたからだ。

「伊勢亀の大旦那は、札差の筆頭なんですってね」

「もう商いは倅様に譲っておられるがな、札差百九株の筆頭行司だ」

「なんでもその筆頭行司の座を狙う札差がいて、ただ今蔵前にもの凄《すご》い小判の雨が降っているそうよ」

「ほう、景気のいい話だが、札差百九株以外の者にはなんの関わりもなかろうじゃないか」

「なんでも筆頭行司の座を狙っている札差の旦那は小判の効き目がなければ腕ずくでも伊勢亀の旦那を引きずり下ろすとうそぶいているそうな」

「ほう、面白い話だな」

「吉原には関わりがない話でしょ」

「いや、そうなるといささか事情は違う。伊勢亀の大旦那は三浦屋と親しい付き合いをしてきた仲だ。まっとうな方法で筆頭行司が代わるのは致し方ないことだが、腕ずくとなるといささか剣呑《けんのん》な話だぜ」

しばし仙右衛門が考え込み、

「薄墨太夫の川遊びには神守幹次郎様と汀女先生も誘われていなさるそうな。どうやら四郎兵衛様が一枚嚙んで、川遊びにふたりを加えられたようだな」

「なにがあっても神守様が従っておられるのならば安心ね」

「そういうことだ」

仙右衛門が応じると徳利の酒を杯に注いだ。だが、徳利は空でお芳が、

「帳場に願う」

仙右衛門に訊いた。

「いや、なんとなく喉が渇《かわ》いただけだ、酒が欲しいわけじゃない」

「ならばこのお酒を呑んでちょうだい」

お芳が呑み残した杯を仙右衛門に差し出した。

仙右衛門の目に袖口からお芳の白い二の腕が覗いて、ぞくりとした。

「頂戴しよう」

杯を持つ手を優しく包んだ仙右衛門が、

「お芳、今日はおれたちの祝言《しゅうげん》だ。この酒をお互いに呑み分けようか」

と言い、お芳が小さく頷くと姿勢を正した。

「まずはおれから」

仙右衛門がお芳の呑み残しの酒をかたちばかり啜《すす》り、お芳に回した。両手で受けたお芳が三度に分けて呑んだ。そして、

「仙右衛門の兄さん」

幼馴染をこう呼ぶとふたたび杯を仙右衛門に戻した。

黙って受け取った仙右衛門が呑み納め、杯を膳に置くと、

「お芳」

と呼びながらお芳の手を握り、自分の胸へと引き寄せた。

障子《しょうじ》の向こうで夏の光と風が躍《おど》ったか、障子に映った影が揺れ、ふたりの体がひとつに溶けた。

四

旗本《はたもと》八万騎《き》と呼称された直参《じきさん》旗本・御家人《ごけにん》の大半の俸禄米《ほうろくまい》(蔵米《くらまい》)の受け取り、販売業務を代行したのが札差と呼ばれる蔵前の旦那衆だ。それはかりか諸国から集められる蔵米を担保《たんぽ》にして高い金利で金を貸しつけて巨万の富を得た。

これら札差を通じて旗本・御家人(札旦那)は、春に取高の四分の一を米一、

金二の割合で、夏に同じく取高の四分の一を（米・金の割合不定）、冬には取高の二分の一を米一、金二の割合で受け取った。春夏分を御借米《おかりまい》と呼び、後の冬分を御切米《おきりまい》と称した。

すなわち千石取の旗本は、春二百五十石、夏二百五十石、冬五百石と三分割し、札差を通じて俸禄が渡されたのだ。

だが、時代が下ると武の権威は衰亡《すいぼう》し、商の時代へと移行した。旗本・御家人はしだいに支給の米を担保に札差から借金するようになり、それが何季先の蔵米にも及び、高利の借金に札旦那の首根っこは札差にしっかりと押さえられた。

享保《きょうほう》九年（一七二四）、百九人の札差が特権的な同業者組合である株仲間《かぶなかま》の結成を幕府から許され、独占的に蔵米の受け取り、売り渡しを行うようになった。百九人で莫大《ばくだい》な米の売買を扱うことで札差はさらに巨大な利と力を得た。この札差株は非常な高値で売買され、千両株とも称された。

これら札差が絶大な権勢を揮ったのが宝暦《ほうれき》（一七五一〜六四）から天明（一七八一〜八九）の田沼《たぬま》時代だ。賄賂《まいない》政治は札差の力を肥大化させ、豪奢《ごうしゃ》をさらに促進させた。

天明期、江戸に十八大通《じゅうはちだいつう》と呼ばれる通人が出現する。

その中でも最も名が知られたのが、大口屋治兵衛《おおぐちやじへえ》（暁雨《ぎょうう》）、利倉屋庄左衛門《としくらやしょうざえもん》、近江屋《おうみや》大口屋八兵衛《はちべえ》（金翠《きんすい》）、伊勢屋宗三郎《いせやそうざぶろう》（珉里《みんり》）、下野屋十右衛門《しもつけやじゅうえもん》（祇蘭《ぎらん》）、笠倉屋平十《かさくらやへいじゅう》佐平次《さへいじ》（景舎《けいしゃ》）、下野屋十兵衛《じゅうべえ》（むだ十）、伊勢屋喜太郎《きたろう》（百亀《ひやっき》）、笠倉屋平十郎《ろう》（有游《うゆう》）、伊勢屋宗四郎《そうしろう》（全吏《ぜんり》）、大内屋市兵衛《おおうちやいちべえ》（じゅんし）ら札差たちだ。

札差が豪奢を極める一方で札旦那の旗本・御家人は先々の禄米を担保しての借金で窮乏《きゆうぼう》生活に落ちていく。

幹次郎は菅笠を被り、そんな札差の本拠地、浅草御蔵前通り七番堀近くの天王《てんのう》橋《ばし》に立っていた。

橋下の疏水の水源は不忍池《しのばずのいけ》だ。忍川《しのぶがわ》を経て三味線堀《しゃみせんぼり》に入り込み、三味線のかたちをした池の竿《さお》の部分から武家屋敷の間へと流れ込み、最後には大川《おおかわ》（隅田《すみだ》川《がわ》）へ合流した。

仲夏《ちゅうか》の光がようやく西に傾き始めていた。

身代わりの左吉に蔵前の札差組合（株仲間）の紛争の調べを願って十日余りが過ぎていた。

幹次郎は左吉によって浅草蔵前に誘い出された。

虎次の煮売り酒場でしばし沈思した左吉は、

「ちょいとお付き合いください」

と馬喰町から浅草蔵前へと出る途中、なにか思い出したように、

「神守様、思いついたことがございます。半刻後、浅草橋《あさくさばし》でお会いしましょうか」

そう言い残すとどこかに姿を消した。左吉の情報源に探りを入れに行ったのだろう。幹次郎は歩を緩《ゆる》めて時間を計り、浅草御門に出た。

額にうっすらと汗を光らせた幹次郎が浅草橋北詰《きたづめ》に立つとすでに左吉が一文字笠で日差しを避ける姿があった。

「お待たせ致しましたか」

「なんの、わっしもつい今しがた来たところで」

ふたりは御米蔵が立ち並ぶ浅草御蔵前通りに入る天王橋に向かった。そこで左吉が、

「神守様、もう一件確かめたいことがございます。御厩河岸《おんまやがし》ノ渡し場に縄泥《なわどろ》って、ざっかけない泥鰌屋《どじょうや》がございますので。その店でわっしの名を出せば、酒と泥鰌は売り物ですからね、いくらでも賞味できますし、昼寝だろうがなんだろうが勝

手にさせてくれます。退屈でございましょうが、そちらで一刻《いっこく》（二時間）ばかりのちにお会いしませんか」

　ふたたび左吉は言い残すと御蔵前通りの路地に姿を没した。

　幹次郎はしばらく天王橋に佇《たたず》んで札差の大きな店が軒を並べる大路《おおじ》を見ていた。見慣れた景色だが百九株の札差が旗本・御家人の内証をしっかりと押さえているばかりか、江戸の金融界にも強い影響力を発揮していると思えば、なんとなく町並みに活気と凄みがあった。

　夏季の禄米が四分の一ずつ交付される時期だ。

　旗本家の用人《ようにん》と思《おぼ》しき武家が今しも和泉屋《いずみや》と書かれた店頭で番頭らしき男とやり合っていた。だが、番頭が算盤《そろばん》を持ち出し、ぱちぱちと玉を弾《はじ》いて用人に見せると、客は愕然《がくぜん》としたのち肩を落としたのが分かった。

　金があるところに金が集まり、借金のあるところには借財の額だけが増えていく世の中、田沼時代が残した賄賂政治の実態だった。

　際立った光と影のある江戸で光を象徴するのが浅草御蔵前通りなのだ。

　幹次郎は天王橋からぶらぶらと御蔵前通りを北へと歩き出した。

　白い光が往来する大八車《だいはちぐるま》に積まれた米の俵を照らしつけていた。俵には竹串

が差し込まれ、

「川尻兵庫様《かわじりひょうご》」

と札旦那の名が記されていた。

こちらは蔵役所から夏季分の禄米を無事に受け取った旗本家だろうか。大八車に従う侍や小者《こもの》に安堵の表情があった。

大路を淀《よど》んだ暑さが支配して、重苦しいものにしていた。往来する駕籠舁《か》きの足取りもなんとなくだるそうに見えた。

幹次郎は、涼《りょう》を求めるように七番堀へと向かった。すると蔵役所の前に御禄米を求める旗本家の用人や小者が順番を待って行列を作っていた。

人が大勢集まっているわりには沈黙のままに名が呼ばれるのを待つ行列を避けた幹次郎は、六番堀から五番堀へと御米蔵の道を歩いていった。すると森閑《しんかん》とした御米蔵が暑さの中に見えた。

御米蔵には諸国から禄米、買米が集まってきて貯蔵される。立ち並ぶ蔵には、米が一杯に詰まっているのだろう。

不意に痩せた犬が姿を見せた。四番堀と三番堀の間の路地からだ。

人の気配が失せていた御米蔵に悲鳴にも似た声が上がった。

「頼む、番頭どの。わが屋敷とは先々代以来の付き合いではないか。夏季の御借米のうち、四分の一とは申さぬ、その半分でもよい。金子《きんす》にて頂戴できぬものか。それなくば屋敷が立ちゆかぬ」

武士の体面も捨て、哀願《あいがん》する声に幹次郎は足を止めた。

三番堀に何艘《そう》もの荷船が舫《もや》われて米俵を下ろしていた。

荷降ろしに立ち会う札差の番頭に初老の用人が必死に懇願《こんがん》していた。その用人には若い家来が同道していたが、用人の恥も外聞《がいぶん》もない嘆願を冷たい眼差《まなざ》しで見る番頭を黙って睨みつけていた。

幹次郎はその拳《こぶし》がぶるぶると震えていることに気づいた。

「香取屋の番頭どの、内情を申す」

と用人が頭を下げた。

「堀越《ほりこし》様、お屋敷の内情を聞かされてもどうにもなりませんや」

「そう邪険《じゃけん》に申さず聞いてくれ。長女のお鏡《きょう》様が嫁にゆかれるのだ」

「おめでたいことではありませんか」

「なんとか花嫁の形だけは整えさせたいと殿も奥方様も願っておられる。うちが先々まで禄米を借りておること、堀越小兵衛《こへえ》も重々承知しておる。冬の御切米には無理は申さぬ。頼む、こたびだけはなんとかそれがしの申すこと聞き届けてくれぬか」

用人が腰を折って白髪頭を下げた。

「堀越様、うちは施《ほどこ》しで商いをやっているわけじゃあございませんのでね。殿様に申し上げてくださいな。以後の御禄米、お貸しすることはできません、諦《あきら》めてくだされとな、お渡しできませんのでね」

「番頭、わが屋敷全員に飢《う》え死にせよと申すか」

「用人さん、人聞きが悪うございますよ。うちは商い、もはや佐々木《ささき》家では三年先、いや、四年先の禄米が担保に入っておりましたな。さらに先の禄米を担保にしたところで内証は段々と苦しくなるだけですよ。うちではもはや貸すことはできません。大番頭の命にございます」

「ならば、大番頭の次蔵どのに願いに参る」

「用人さん、店を訪ねられ、泣きごとを繰り返されると商いの邪魔にございますよ。諦めて屋敷にお戻りください」

と番頭が冷たく突き放した。

「おのれ！　言わせておけば用人様に悪口雑言《あっこうぞうごん》」

と用人に従っていた若侍が刀の柄《つか》に手を掛けた。

「おやめなさい、剣術《やっとう》の真似ごとをして脅かそうったって、蔵前の札差はだれも驚きはしませんよ」

と蔑《さげす》むような眼差しで若侍を睨んだ番頭が片手を上げた。すると荷船の陰に控えていたか、三人の浪人者がゆっくりと姿を見せた。ひとりは口の端に黒文字《くろもじ》を咥《くわ》えて竹刀《しない》を携《たずさ》えていた。

俵から零《こぼ》れた米をついばむ雀《すずめ》が慌《あわ》てて地べたから飛び立った。

「香取屋ではそのほうの屋敷の蔵米の扱いはもはや請けかねると番頭どのが言うておる。早々に立ち去れ」

三人の浪人者の頭分《かしらぶん》が言い放った。

幹次郎は、札差の番頭が白昼堂々と用心棒を従えていることに驚いた。

「最初から御禄米を渡す気などないのだな。春先から気を持たせるような言辞《げんじ》を弄《ろう》して先延ばしにしておいて、最初から虚仮《こけ》にする気であったか」

用人が用心棒を見て激昂《げっこう》した。一方若侍は用心棒侍の出現に怯《おび》えたように刀の柄から手を離した。

「用人さん、最前から番頭どのが理《り》を尽くして説明されたであろうが。これ以上無理難題を抜かすと怪我を負うことになるぞ」

用心棒の頭分が言い放った。

「堀越様、これ以上の問答は無駄にございます。帰りましょう」

と供侍が用人に言った。

「智也《ともや》、どの面《つら》下げて屋敷に戻れる。お鏡様の祝言は数日後に迫っておるのだぞ。仕度もできんではお鏡様は生涯、婚家《こんか》で肩身の狭い思いをして過ごさねばなるまい。それを思うと」

用人はもはや窮したという顔で茫然と立ち竦《すく》んだ。

「金もないのに嫁入り仕度をしようというのがどだい無理なんでございますよ。たしかそちら様のお鏡様はそれなりに見目麗しい娘御でしたな。私が吉原に口を利いて、身売りの相談をなさるのがこの際、得策と思いますがね」

と番頭が余計な言葉を加えた。

「おのれ、その言葉許せぬ」

とうとう用人の勘忍袋《かんにんぶくろ》の緒《お》が切れて、刀を抜いた。

「斬ると仰《おつしや》るので。おやめなさい。その構えでは八百屋《やおや》の店先の大根も斬れますまい」

あくまで札差の番頭は冷たく言い放った。

「抜かしおったな」

両手に構えた刀をふらつく腰で振《ふ》り翳《かざ》した。

竹刀を携えていた用心棒のひとりが素早く動いた。だが、番頭を睨み据えていた用人の目には、用心棒の迫りくる動きが見えなかった。

竹刀が用人の脇腹を強《したた》かに叩き、その場に転がした。

「堀越様になにを致す」

一度自らの怒りを鎮《しず》めた供侍も刀を抜いた。こちらはいささか剣術の心得があると見えて、一応構えが定まっていた。

竹刀を構えた用心棒に頭分が、

「言うても聞かぬ輩《やから》にはいささか熱い灸《きゆう》を据えんと話が分からぬ。おれが叩き斬る」

と宣告して、前に出た。

「久保田《くぼた》先生、殺してはなりませぬ。町方《まちかた》の口を封じるのに要らぬ金が生じますでな」

平然と札差の番頭が言い放った。

「手足を叩き斬るくらいならば差し障りあるまい。刀を抜いたのはこやつが先じやからな」

久保田先生と呼ばれた痩身《そうしん》の頭分が黒塗の鞘《さや》から重《かさね》のある刀を抜いて上段に構えた。

幹次郎は両者の腕を見定めた。

用心棒の頭分は、その挙動から修羅場《しゅらば》を潜ってきた経験があると察せられた。その分、真剣勝負には慣れていた。度胸も腕も上だった。

一方、供侍の剣術は道場稽古《げいこ》だろう。おそらく真剣勝負など、一度も戦ったことがないのは構えに見えた。

「ご両者、お引きなされ」

御米蔵の日陰から諍《いさか》いを見守っていた幹次郎は、戦いの場に歩み寄った。

「何奴《なにやつ》か」

頭分が横目で幹次郎を牽制すると尋ねた。

「通りがかりの者にござる。最前から話は聞かせてもらった。刀を抜き合《お》うても物事は解決致すまい」

幹次郎は何の役にも立たぬことを承知で仲介に入っていた。もはや武の時代は遠くに過ぎ去り、商が幕藩体制を牛耳《ぎゅうじ》っていた。それも限られた大商人や札差らがだ。

この場の諍いもそのひとつに過ぎなかった。しかし、何の役にも立たぬと分かっていても若い侍が傷つき、血を流すのは見るに忍びなかった。

「いらぬ世話はせぬことだ」

吐き捨てた用心棒侍が眼前の若侍に集中した。幹次郎が間に入ったことで、用心棒侍の闘争心に却《かえ》って火をつけたようで、その顔つきは若侍を斬り捨てる決心を漲《みなぎ》らせていた。

「そなた、刀をお引きなされ。益《えき》なき戦いにござる」

「最前からの悪口雑言、許せぬ」

若侍は一応戦いの構えは見せた。だが、幹次郎が仲裁《ちゅうさい》に入ってほっと安堵している様子がありありと窺えた。

用心棒の頭分の両目が細められて、すいっと踏み込む気配を見せた。

若侍もかたちばかり迎撃の構えを見せて、右肩に刀を引きつけた。

幹次郎が両者の間に割って入ったのはそのときだ。

用心棒の頭分が構わずに踏み込んできて斬り込んだ。

幹次郎の着流しの前帯に挟まれてあった扇子《せんす》が抜かれて用心棒侍の手首を強かに叩いた。痺《しび》れが走ったか、頭分は握った刀を取り落としそうになった。だが、もう一方の手で必死に刀が手から零れ落ちるのを防いで握りしめた。それでも、

「うっ」

と呻《うめ》き声を漏らした用心棒の頭分が立ち竦み、幹次郎を睨み据えた。

「おのれ、邪魔立てしおって」

「無用な血は流してはならぬ」

「許せぬ」

竹刀を捨てた仲間ふたりが刀を抜き合わせた。

幹次郎は用心棒らから間合を取り、扇子を差し出して構えた。

「そのほうから始末致す」

と痺れる手をぶらぶらと振って刀の柄を握り直した用心棒侍の血相《けっそう》がさらに険しいものに変わっていた。

若侍は幹次郎の仲裁をただ言葉もなく見つめていた。

「どうしてもと申されるか」

と応じた幹次郎が扇子を前帯に戻した。

「お待ちなさい」

と番頭が声を発したのはそのときだ。

「番頭どの、止めんでくだされ。それがしの面目《めんもく》が立たぬでな」

「久保田様、このお方をご存じないようですね」

「知らぬ」

用心棒侍の頭分、久保田某が叫んだ。

「吉原会所の裏同心、神守幹次郎様と申されましてな、この界隈では評判の遣い手にございますよ」

「なにっ、吉原裏同心とな」

「ご存じで」

「巷《ちまた》の噂に聞いた」

久保田が仲間ふたりに目配せした。

三人の刀の切っ先が幹次郎に向けられた。

「お供の方、用人どのを連れて退却なされよ」

と幹次郎が供侍に告げた。

「はっ、なれど諍いの因《もと》はわれらにござれば」

「残ってなにをなさろうと言われますな。香取屋との談判なれば日を改めて大番頭になさるが宜しかろう」

幹次郎に説得された若侍はしぶしぶという体《てい》で刀を鞘に納め、

「堀越様、それがしの肩に腕を回してくだされ」

と言いながらなんとか用人を立ち上がらせて、御米蔵から上之御門へと姿を消した。

「紛争のタネは消え申した」

幹次郎が三人の用心棒に話しかけた。

「われらの面目が立たぬ」

久保田某が刀を八双《はっそう》に上げた。扇子で叩かれた手首の痺れは治ったのか。

「用心棒稼業に差し支えると申されるか。番頭どのは待てと止められたがな」

幹次郎は間合一間（約一・八メートル）で三人の切っ先を睨みながら、すでに眼志流《がんしりゅう》横霞《よこがす》みの構えに入っていた。

お待ちなさい、と一旦命じた番頭は戦いを見守る気なのか、沈黙したままだ。

久保田らは居合の危険を察知していなかった。

着流しの幹次郎がただ立っていると判断したからか。

久保田の仲間は後見《こうけん》に回っていたが、張り詰めた戦いの緊張がなかった。久保田に戦いを托《たく》していたからだ。

久保田の息遣いが荒く、間が狭《せば》まった。

すいっ
と久保田の体が傾くと一気に戦いの間合に入り、八双の剣を幹次郎の肩口に落としてきた。

不動の幹次郎の腰が沈み、和泉守藤原兼定の柄に手が掛かったと思うと一条の光が振り下ろされる久保田の刀身を捉《とら》えて弾き、兼定が反転すると相手の額に振り下ろされていた。

寸止めの刃が額にあった。

「ああああっ」

久保田某の体がずるずるとその場に崩れ落ちて昏倒《こんとう》した。

第二章　蔵前百九株

一

この日、幹次郎が木の香り漂う吉原会所に戻ってきたのは、六つ半（午後七時）の刻限だった。

小頭《こがしら》の長吉《ちょうきち》らが会所の前に立って待合ノ辻の賑わいを見張っていた。

季節も仲夏、仲之町には菖蒲が植えられて、飄客《ひょうかく》や素見連《ひやかし》の目を楽しませていた。

時候もよし、仮宅から戻った新装吉原を見物に来たらしい在所者《ざいしょもの》たちが、

「おお、これが大門《おおもん》だべか」

「会津《あいづ》の御城の大手門《おおてもん》くれえ大きさがあると思ってたけんども、田之助《たのすけ》、意外と

小せえもんだな」

「中造《なかぞう》の爺様、門は小せえがこの人出はどうだ。今宵は祭りだべか」

「祭りだったら祭り半纏《ばんてん》の衆もいっぺが、お囃子《はやし》も出てねえべえ」

「いんや、どこからか三味線の調べがしてきたぞ」

「なんだべ、景気が悪い音だなあ。祭りなればもちっと賑やかによ、三味線を掻き鳴らすべえ」

と幹次郎の前で言い合っていた。

江戸見物に出てきた在所者の一団が景気の悪い音と決めつけたのは清掻《すががき》の調べだ。

吉原の大門を潜る男を日常とは異なる幻想に誘《いざな》い、遊び心を呼び起こすような三味線の音だ。

気怠《けだる》くも爪弾《つまはじ》かれる調べは吉原の粋ともいえたが、在所から出てきた爺様らには景気の悪い音と感じられたようだ。清掻の調べを祭り囃子と勘違いした在所の男衆の耳に、
ちゃりん
と人込みの向こうから鉄棒《かなぼう》の鉄環《かなわ》が打ち合う音が響いて届いた。

仲之町界隈から五丁町《ごちょうまち》の格子の中を冷やかして歩く客の注意が一斉にそちらに向けられた。

「三浦屋の高尾《たかお》太夫の花魁《おいらん》道中だぞ」

という声がして在所の爺様らの様子が変わり、

「田之助、花魁道中を見逃しちゃあなんねえ」

と大門前から仲之町の奥へと駆け出す勢いで突進していった。

「長吉どの、ただ今戻った」

菅笠の紐を解きながら幹次郎は仲之町の混雑を見守る長吉に声をかけた。

「おや、神守様」

「廓内に大事はないかな」

「人出の割には掏摸《すり》に遭ったという届けもございませんよ」

「それはなにより」

「七代目から神守様はまだかと、つい最前問い合わせがございました」

「都合がよろしければお目にかかりたい」

と幹次郎が願うと長吉自身が急ぎ案内するつもりか、会所の敷居を跨いで土間に入った。ふだんは裏口が幹次郎の会所への入口だ。

日が落ちた表には人の熱気と陽気が重なり、じんわりとした暑さが漂っていた。だが、会所の土間はひんやりとして幹次郎の五体にまとわりついた暑さを鎮めた。上がり框《がまち》に行灯《あんどん》の灯《あか》りがあるばかりで無人だった。

「仙右衛門どのはどうしておられるな」

と長吉に尋ねた。

「へえ、数日前、番方はお芳さんと過ごされ、すっかり骨抜きにされたというべきか、落ちつかれたというべきか。このところ、始終笑みの顔で仕事をしておられますよ」

「それはようござった」

「へえ、わっしはかようなことはもはやないかとやきもきしていましたが、番方がお芳さんと似合いの夫婦《めおと》になるのは間違いございませんや」

「長吉どのが怪我をしたことで、それがしもお芳さんの為人《ひととなり》に間近に接する幸運に恵まれた。番方と一緒になればよい所帯が持てよう」

「お芳さんが廓内に残っていれば、間違いなく太夫に出世した女ですぜ。番方に義理を立てたか、他に理由《わけ》があったか、里の外に出て山谷界隈の女神《ひめ》になりなさった。どれほどの病人や怪我人がお芳さんの親身な世話に勇気づけられてきたか。

わっしはね、こたびほどお芳さんが廓外に生き場所を見つけてくれたことに感謝したことはございませんぜ」

長吉は五十間道で三人の不逞《ふてい》の浪人に不意を襲われて、腹部に刺し疵《きず》を負った。このとき、お芳の働く柴田相庵の診療所に運ばれて手術を受け、何日も診療所の宿房にいて怪我を癒《いや》していたのだ。だから、お芳の働きぶりをつぶさに知っていた。

「神守様が戻られたようだな」

と奥から四郎兵衛の声がした。

「へえ、ただ今こちらにおられます。お通ししてようございますか」

と長吉が念を押して、幹次郎は手にしていた菅笠を上がり框の端に置くと腰から和泉守藤原兼定を外し、四郎兵衛が待つ奥座敷に向かった。

「四郎兵衛様、遅くなりましてございます」

「暑い一日でした、ご苦労でしたな」

四郎兵衛が労《ねぎら》い、

「最前、玉藻が汀女先生を伴《ともな》ってこちらに来たところですよ」

と幹次郎に言った。

「並木町で新たな騒ぎがございましたかな」

「いや、そうではありませんぞ。十日ほど前になりますか、汀女先生が吉原から並木町に向かう道すがら、札差百九株の一、香取屋の大番頭次蔵の待ち伏せを受けて、『亭主どのにただ今の暮らしを大事にせよと伝えよ』と、脅しとも忠告ともつかぬ言葉が投げられた騒ぎがございましたな」

「はい、ございました。なんぞ進展がございましたか」

と幹次郎が四郎兵衛に問い返した。

「いえ、こちらの進展はございませんな。どうしたものかと神守様にお尋ねしました」

四郎兵衛に言われてふと最前、昼下がりの御米蔵で遭った騒ぎを思い出した。札差の番頭が客の武家方に向かって傍若無人の言葉を吐いたのも香取屋と言わなかったか、それとも別の札差香取屋か。

百九株の札差の多くが伊勢屋、板倉屋《いたくらや》、鹿嶋屋《かしまや》、大口屋などで占められていたから香取屋も他に何軒かあるかもしれなかった。

「四郎兵衛様、香取屋の客を客とも思わぬ商いの場を見ましてございます。偶然なことにございましょうがな」

と前置きして騒ぎの顚末《てんまつ》を告げた。

「なに、札差とはいえ番頭風情《ふぜい》がそのような傲岸不遜《ごうがんふそん》な態度で札旦那の代理人たる用人を虚仮にしましたか」

「その番頭の香取屋は御蔵前でこの数年急速に力をつけてきた札差だそうです。奥山で姉様を待ち伏せしていた香取屋と同じ香取屋かそれとも別の香取屋か」

「神守様、一緒です。札差に香取屋は一軒だけ、天王橋近くに店がございます」

となると十日前、汀女らに脅しの言葉を吐いた大番頭と幹次郎が遭った香取屋の番頭は、同じ札差香取屋の奉公人ということになる。

「郭外にて身代わりの佐吉どのに会いましてございます」

と幹次郎は話柄を変えた。

「ほう、それはまたどうしたことで」

「余計なこととは存じましたが、三浦屋の薄墨太夫が札差の伊勢亀の大旦那の半右衛門様に川遊びに誘われ、その際にわれら夫婦もご相伴《しょうばん》に与《あずか》るとの話を聞きました。われら夫婦が呼ばれた背景にはなんぞ隠されていることがあるのではと思いまして、左吉どのの知恵を借りに参りました」

「最近の神守様は勘が冴《さ》えておられる。私がなんぞ申す前にすでに動いておられるのでな。話が早い」

「七代目、要らざるお節介をなしましたか」

と幹次郎が先回りしたことを気にかけた。

「いえ、素直に感心しておるところです」

と笑った四郎兵衛が、

「身代わりの左吉さんは下野屋十兵衛、十八大通のむだ十の旦那とも親しかったはず」

とさすがに吉原会所を仕切る四郎兵衛は廓外の情報にも通じていた。

「左吉どのはそれがしを伴い、御蔵前に参られました。ですが、調べはおひとりでなされたのでどこでどう情報を得られるのかそれがしは存じません」

「身代わりの稼業に関わることですから、自らの得意先に他人様を伴うことはできますまい。それで最前の騒ぎに出くわしなされたか」

「いかにもさようです」

「神守様、江戸の金融を牛耳る札差百九株が一枚岩でないことを左吉さんに聞かされましたな」

首肯した幹次郎は、

「伊勢亀の大旦那にそれがし夫婦が誘われたについては四郎兵衛様に前もって相談があってのことにございますな」

と問うた。

玉藻にも念を押されましたよ、と笑った四郎兵衛が、

「三浦屋の四郎左衛門《しろうざえもん》様からは内々にな、話がございました。川遊びに汀女先生と神守様をお連れしたいがいかがかというものです。三浦屋とて伊勢亀の大旦那の川遊びの誘いを断わるわけにはいきません。抱えの薄墨を廓外に出すことは了解しても、神守様と汀女先生をお連れするについてはどうしてもうちの許しが要りましょう。そこで四郎左衛門様からお断わりがございましたので」

「われら夫婦が川遊びに同道することは伊勢亀の大旦那の何らかの意向を含んでのことと考えて宜しゅうございますか」

「神守様はそう考えられたから左吉さんに会われたのではございませんか」

幹次郎は苦笑いして、

「はい」

と答えていた。

「伊勢亀の大旦那は、薄墨太夫を連れ出す川遊びに事寄せて、神守様と汀女先生

のお人柄をご覧になりたいのではございますまいか」

「われら夫婦が川遊びに同道すること、会所の意向に反しましょうか」

「どうしてそう思われますな」

「廓外のことにございます」

「神守様、われら吉原会所、この鉄漿溝と高塀に囲まれた二万七百六十余坪の狭い土地に幕府の許しを得て商いを続けております。ですが、廓内の定法《じょうほう》は廓外の政《まつりごと》をはじめとする諸々《もろもろ》の動きと微妙につながっておりますでな、廓内に起こった出来事を廓内だけで処理できるものではございません。もはやかような説明は神守様には不要にございましょう」

「廓外で働くときは当然四郎兵衛様の命があったときのみです。こたびのこと、未だ四郎兵衛様の与り知らぬところの動きかと存じまするが」

「たしかに私に神守夫婦を借りたいとの話が直に伊勢亀の大旦那からあったわけではございません。反対に伊勢亀の大旦那の苦衷《くちゅう》と迷いがそこいらに垣間《かいま》見えませんかな」

四郎兵衛が幹次郎に問い、語を継いだ。

「すでに汀女先生が香取屋の大番頭の警告を受けた。神守様は香取屋の分《ぶん》を超えた商いの場を目撃されて、香取屋の用心棒を叩きのめされた。もはや私に話がなくとも、吉原会所は蔵前の騒ぎに巻き込まれておるといえませんかな」

蔵前の札差の旦那衆は吉原の最高の得意だった。十八大通の派手な遊びっぷりはいうに及ばず、引手茶屋、妓楼はそれぞれが贔屓《ひいき》の札差を抱えていた。

蔵前で内紛《ないふん》が生じれば、なるほど吉原に微妙に影響してくる。

「左吉さんからどのような話を聞かされましたな」

「伊勢亀半右衛門様方は、田沼様が老中《ろうじゆう》に就かれる以前から札差仲間百九株の行司を務めてこられ、今も御蔵前の筆頭行司の地位を保っておられるお店じゃそうな。この伊勢亀を中心にして、札差の本業とは異なる金貸し業が幕府の怒りに触れぬように、あれこれと算段して運営されてきたとか。それだけに伊勢亀の信頼は札差の中でも群《ぐん》を抜いているそうな」

「私もさよう考えております」

「ところがこの十余年ほど、札差株を伊勢半《いせはん》という店から大枚千数百両で手に入れた香取屋武七《たけしち》どのが急に御蔵前で勢力を伸ばして、伊勢亀の対抗馬となり、次の筆頭行司を狙っておると左吉さんに聞かされました。香取屋は百九株のうち、すでに三十数株をあれこれと策を弄し、味方につけたそうな」

四郎兵衛が幹次郎の言葉に大きく頷いた。

「ただ今、御蔵前は伊勢亀派と香取屋派に二分されて、暗闘が繰り返されておりますとか。とくに急激に力を伸ばしてきた香取屋一派は、金の力ばかりか用心棒まで抱えて力ずくで親伊勢亀派を切り崩している最中じゃそうです」

「左吉さんはむだ十の旦那が幕府の定法に触れて伝馬町の牢屋敷に繋がれるというとき、身代わりに立ったはず。以来、左吉さんは親しく下野屋に出入りが許されていましょう」

左吉の情報源は、下野屋と四郎兵衛は言っていた。

「下野屋は伊勢亀派にございますか、それとも香取屋一派でしょうか」

「下野屋さんは先々代から伊勢亀とは親しい付き合い、間違いなく伊勢亀半右衛門様の片腕です」

幹次郎はしばし考えて、

「川遊びにわれら夫婦が誘われたのは御蔵前の札差の争いが関わっておりますので」

「でなければ、伊勢亀の大旦那が神守夫婦を川遊びに誘うこともなく、香取屋も汀女先生を遠回しに脅すようなことを致しますまい」

「四郎兵衛様、われら、川遊びの誘いに乗ってよいのでございますね」

と幹次郎は改めて尋ねた。

「神守様、薄墨太夫はこの吉原三千人の遊女を代表する花魁、川遊びの最中になにがあってもいけませぬ。神守様が同道なさるのは会所にとっても心強いかぎりです」

と言い切った。

四郎兵衛の言葉で伊勢亀の大旦那が薄墨を川遊びに誘い出す船に神守夫婦が同乗するのは間違いなく、

「会所の御用」

となった。

「畏《かしこ》まりました」

と応じた幹次郎は、

「七代目、なんぞ他に注意せねばならぬことがございますか」

「左吉さんは香取屋がなぜ急速に札差仲間を牛耳るほどに台頭《たいとう》してきたか、申されましたか」

「いえ、そこまでは調べは行き届いておりませぬ。それがしと左吉どのは、御厩河岸の泥縄なる泥鰌屋で先刻ふたたび会いましたがな、『香取屋が札差株を買い、その後、瞬《またた》く間に商いを広げた背景には途方もない金子が要るはずだが、金の出所がなにひとつ摑《つか》めませぬ。しばし日にちを貸してくだされ』と面目なげに申されました」

「身代わりの左吉さんでもそうそう容易《たやす》く突き止められますまい」

四郎兵衛の口調には、その真相を承知している気配があった。

「いえね、うちでもようやく摑《つか》んだ、噂の域を出ぬ話だ。この一件、会所でも私と番方しか知りませぬ」

いつもの四郎兵衛の歯切れのよさとは違う慎重《しんちよう》さがあった。

「香取屋武七は、天明六（一七八六）年に失脚なされ、昨年の七月二十四日に亡くなられた田沼意次《おきつぐ》様が蔵前に送り込んだ傀儡《かいらい》という情報を得ましてな、ただ今番方が必死でその真相を追っているところにございますよ」

「田沼様が失脚後も残した者でございますか。田沼様はなぜそのような手を打たれましたので」

「田沼様は栄華を極めた時代から次の策を考えて、香取屋武七に御蔵前の札差株を買い取らせていたのかもしれません。香取屋が札差になった年、田沼様の嫡《ちやく》その意知様が若年寄に任じられ、栄華の頂点を極められました。そして、その意知様が旗本佐野善左衛門政言《さのぜんざえもんまさこと》様に刺殺された事件以後、田沼様は絶頂から谷底に向かって転がり落ちていく。自らの失脚は余りにも早かった、御蔵前を暗闇から牛耳ろうと態勢を整える前の天明六年に罷免《ひめん》され、翌年には相良《さがら》藩の所領を収公《しゅうこう》されて、去年の七月に失意のうちに亡くなられた。当人すら想像もせぬ凋落《ちょうらく》でございましたろう」

「だが、御蔵前に打ち込んだ杭《くい》が残った。田沼様の息がかかった、生き残りが札差の香取屋武七と申されますか」

「神守様、明日にも番方と話し合うてこの一件に手をつけてくだされ」

「畏まりました」

「香取屋武七の出自《しゅつじ》は謎めいており、どこでいつ生まれたか、判然とせぬのです。番方が聞き出してきたのは、武七がなかなかの剣の遣い手ということのみにございますよ」

「武士の出にございますか」

「大いに考えられます」

しばし沈思した幹次郎は、

「このこと、三人しか知らぬことにございますな。左吉どのに調べを続けさせてよいものかどうか、どう致しましょうか」

幹次郎は左吉に願ったのは早計であったかと悔いの気持ちで訊いた。

「いや、左吉さんは気心が知れた仲、断わったところで左吉さんはこのまま忘れてくれるとも思えませぬ。それより番方と神守様が話し合われる場に左吉さんを呼んで、仲間に引き入れなされ」

「相分かりました」

「香取屋武七が田沼意次様の傀儡なれば、吉原会所は総力を挙げて戦う時が参りましょう。その折りまで少ない陣容《じんよう》でな、戦《たたこ》うてくだされ」

「まずは川遊びがひとつの契機《けいき》となりましょう」

「いかにも。薄墨に怪我を負わせてもなりませぬ。と同時に香取屋が何を仕掛けてくるか、見定めてくだされ」

と四郎兵衛が幹次郎に厳命した。

二

話は数日前に戻る。

吉原会所の番方仙右衛門は、三ノ輪の三股ノ辻《みつまたのつじ》にある浄閑寺《じようかんじ》の門前を通り、山谷堀沿いの日本堤の北側に出た。傍らにはお芳が無言で従っていた。

日本堤の向こうに万灯《まんどう》の灯りが夜空を染める吉原があった。だが、対岸の土手道を通れば、ふたりしていつもの日常に戻っていくようで、入会地の畦道《あぜみち》を抜けて山谷に戻ることを仙右衛門は選んだ。

最前からお芳は無言のままだ。

「お芳、どうした。黙りこくったままじゃねえか」

「兄さんとこんなにも話したことなどないわ、一生分喋《しやべ》ったような気がする。なにか喋りたくても頭の中がからっぽなの」

お芳が仙右衛門の腕にすがりながら言った。

この日、ふたりは不忍池の端《はた》、下谷茅町の料理茶屋の離れ家で濃密な半日を過ごした。

三十も半ばを過ぎた男と中《ちゅう》年増の女が不器用にも初めて肌を合わせ、事が終わったあとも幸せを噛みしめるように長いことお互いの体の温《ぬく》もりを感じ合っていた。

そのときもお芳は気怠いような陶然《とうぜん》とした気持ちでただ仙右衛門の胸に顔を寄せていた。

「お芳、長年の夢が叶った」

とぽつんと仙右衛門が呟いた。

「ほんとなの、兄さん」

「だれがこんなときに嘘を吐くものか。おめえはどうだ」

ふっふっふ
とお芳の口から笑みが零れた。

「どうした」

「吉原会所の番方が、野暮《やぼ》よ」

「他人様の一夜の恋路を取り持つのがおれたちの務めだ。だがな、自分のことになるとからっきしだ」

「私、物心ついたころから兄さんの嫁になると思っていた」

「おしめを替えた妹のようなお芳だ。もらい手がなきゃあ、おれがと思ったぜ」

「もらい手があったら身を引いたの」

「こうして一緒になったんだ」

「お父つぁんは、私を吉原の女郎にするのが密《ひそ》かな夢だった。五つの私に、女郎衆は一日じゅううまいものを食って綺麗に着飾っていられるんだ。お芳、こんな楽な商売はないぞ、と繰り返したわ」

「貸本屋の親父だ。女郎の喜び一分に哀しみ九分の暮らしを知らないわけじゃなかったろうに」

「黄表紙を一冊何文で女郎衆に貸して歩きながら、いつの日か私を売ったお金で女郎衆を座敷に総揚げしてみせると夢に見ていたんだと思うわ。夢を見ぬ間におっ死《ち》んで、私はお父つぁんの呪縛《じゅばく》から解き放たれた」

「弔《とむら》いの日、おめえは鰻縄手の寺まで親父を見送ると頑固に言い張りやがった。致し方ねえんでおれがおめえに付き添った」

「お父つぁんが本当に土の下に埋められたことをこの目で確かめたかったの」

「帰り道、おれの手をぎゅっと握ったおめえの顔からときに笑みが零れていたっけ」

「あのときよ。私は吉原を出る、絶対に女郎さんにはならないと心に決めたの」

「おりゃ、もう吉原会所の男衆だった。吉原で育ち、妓楼が目をつけているおめえに、もはやおれの嫁になれとは言えねえ立場だったよ」

「回り道をしたわね」

「長い回り道だ。だが、こうしておめえの肌身と触れている。本望だぜ」

「このための回り道だったの」

「吉原で生まれ育った男と女が一緒になるにはこれしか道はなかったよ」

「兄さん、同じ屋根の下に住むことができるわね」

「離すものか」

仙右衛門の体の上に自らをのしかけたお芳の両腕が仙右衛門を抱きしめ、仙右衛門もそれに応えてふたつの体がふたたびひとつになった。

男と女の駆け引きなど仙右衛門とお芳には要らなかった。ただ、布団の中で十数年の空白を埋めるように目合《まぐわい》を繰り返し、その合間に幼いころの思い出を話し合った。

「今、口を開くとこの時が逃げていくような気がする」

「そう、そうだな。おれの腕にお芳の体の重みがある、不思議な気持ちだぜ」

「兄さん、所帯を持とうと思わなかったの」

「だれとだ」

「私以外のだれかとよ」

「おれは吉原生まれだぜ。周りの女は女郎衆ばかり、吉原で男衆と女郎が夫婦になれるものか。会所のご法度《はっと》よ」

「仕来たりを破ればいいじゃない」

「吉原を叩き出されるのがオチだ」

「吉原生まれって不思議ね、遊里《さと》の外に出ることが怖いのよ」

「おめえもそうだったか」

「相庵先生の診療所に奉公することを望みながら、最初の数月はなぜ遊里の外に出たんだろうと悔やんでばかりいたわ」

「おれはどっぷりと吉原の泥水に浸《つ》かって生きてきた男だ、世間の暮らしを知らねえからお芳の気持ちが分かるようで分からねえ」

対岸に衣紋坂《えもんざか》の入口が見えてぞろぞろと徒歩《かち》の客や駕籠が大門へと繰り込んで

いく。

「あの光の下が私たちの生まれ故郷ね」

「わずか二万坪、女郎三千に万余の里人《さとびと》がすがって生きる町だ」

「兄さんは遊里の外に出る気はないわね」

「お芳、今さらおれを誘う気か」

「いえ、ただ訊いただけよ」

「お芳、人それぞれ居場所が違う。おれはな、神守幹次郎様と汀女先生の生き方が手本だ。吉原者でもないふたりに吉原のよさを教えられた。おれの最後の迷いをあのふたりの生き方が振り切ったのだ」

仙右衛門も吉原を出て、堅気《かたぎ》の仕事についてお芳と共に暮らす迷いがなかったわけではない。だが、妻仇討と呼ばれ、追っ手にかかる旅を何年も生き延びるふたりの勇気は仙右衛門にはなかった。吉原に生き場所を見つけようと命を懸ける神守夫婦を見て、会所の務めを全《まっと》うする肚を固めた。

吉原の灯りが段々と遠ざかり、入会地の田圃の間を南から北に突っ切る小塚《こづかっ》原縄手《ぱらなわて》に出た。するとそこには道と並行して疏水が流れ、里の人が泪橋《なみだばし》と呼ぶ土橋《どばし》が架かっていた。

浅草山谷の柴田相庵の診療所に行くためには右手に曲がる。ふたりが橋から道へ曲がろうとしたとき、提灯《ちょうちん》の灯りが暗闇に揺れて、

えいほえいほ

の掛け声が響き、一丁の駕籠が山谷町から小塚原町へと走ってきた。駕籠の周りには三人の男たちが従っている。

仙右衛門とお芳は橋の上で足を止め、駕籠を遣《や》り過ごした。

ちらりと着流しの懐《ふところ》に手を突っ込んだ従者《じゅうしゃ》の男が仙右衛門を見た。

仙右衛門は相手の男の風貌《ふうぼう》に見覚えがあるような気がしたが、どこのだれかは思い出せなかった。

賭場に駆けつける親分と用心棒か、そんな風体《ふうてい》だった。

駕籠はふたりの前で直角に曲がり、橋場へと東進していった。

仙右衛門はお芳を促《うなが》すと長い一日の最後の道のりを歩み出した。直ぐそこに浅草山谷町の町並みが見えていた。これからふたりでどれほど歩いていくのか。

「相庵先生はまだ起きておられるな」

と仙右衛門が尋ねた。

柴田相庵の楽しみは酒だ。

患者の診察が一息つくと台所に行き、板の間《ま》に据えてある四斗樽《しとだる》から柄杓《ひしゃく》に酒を七分目まで注いで慈《いつく》しむように呑んだ。診察中は、朝の間《ま》一杯、昼間に一杯と決めていた。その代わり、夕刻になると四斗樽の傍らにでーんと座って、心ゆくまで酒を楽しんだ。

「もう半分酔いの境地、残りの半分は眠りの境地に漂っておられるわ」

「挨拶していこう」

「明日の朝、覚えておられないかもしれないわ」

「それでもいい。相庵先生なくば、お芳とはこんなことにはならなかったのだからな」

「こんなことになっちゃあ悪いみたい」

「だれがそんなことを言った」

仙右衛門がお芳に応じたとき、背に足音がした。

本能で危険を察知した仙右衛門は、お芳を背に庇《かば》うと振り向いた。すると最前駕籠に従っていた三人の男たちが走り寄ってきた。

仙右衛門は先ほどの駕籠にぶら下げた提灯の灯りが橋場に向かう道の途中に停まっているのを遠くに見た。

と浪人者が肩で息をした。

仙右衛門はこちらの姿を気にした着流しの男を山谷町からの灯りで確かめた。殺《そ》げた頰と喉元の刃物の疵に覚えはあったが、名までは思い出せなかった。だが、吉原会所に関わりのある者ではなさそうだ、と推測した。

「なにか用事ですかえ」

「吉原会所の仙右衛門だな」

と着流しが念を押した。

「へえ、いかにもわっしは仙右衛門ですが、おまえさん方はどなたさんで」

「こっちのことはどうでもいいや。おまえの近ごろの所業《しよぎよう》が気に入らないと仰るお方がおられるんだよ」

「駕籠の主《ぬし》ですかえ」

「余計な詮索《せんさく》をするねえ」

「わっしの近ごろの行動が、なんぞおまえ様方の主様《あるじ》の機嫌を損《そこ》ねましたかね。とはいえ、会所の仕事はいろいろあってね、常にいくつもの御用が絡み合っているんでさ。どの筋か教えちゃくれませんか、そのほうがお互い手っとり早いというもんじゃないか」

「どてッ腹に風穴を開けてやろう。さすれば思い出そうぜ。もっともそんときにゃ、遅過ぎるかもしれないがね」

と脅しをかけた男が懐手《ふところで》を抜いた。すると匕首《あいくち》が逆手《さかて》に握られていた。

仙右衛門は懐に匕首を忍ばせていないことを一瞬悔いた。お芳との初めての逢瀬《おうせ》に刃《やいば》なんぞを忍ばせるのは野暮の骨頂《こっちょう》と思ったからだ。

仙右衛門は懐に片手を突っ込み、いかにも匕首を呑んでいるように相手に思わせて牽制した。

「ふっふっふ。女を素手で守り切れるかえ」

と相手が蔑むように嗤った。

仙右衛門は懐から手拭いを引き出すと左手にぐるぐる巻きにした。それで相手の匕首を受け止められるか自信はない。だが、今宵の仙右衛門にはなんとしてもお芳を守り抜く強い意志が働いていた。そのためには命を捨てる覚悟だった。

仙右衛門の背に潜《ひそ》んでいたお芳が動く気配がして、

「早乗りの伝次《でんじ》さん、しばらくね」

と相手に話しかけた。

「だれでえ」

遠い山谷の町並みの灯りでお芳を見ていた相手が、

「お芳さんか」

と間が悪そうに呟いた。

「あなた、柴田先生に大きな借りがあったわね。だれにやられたか知らないが、あなたが診療所に担ぎ込まれたとき、出血が多くて息も絶え絶え、あなたを担ぎこんだ仲間はそのままとんずらした。こりゃどう手当てしたって無理だというのを柴田先生と私が徹宵《てつしょう》して治療したのよ。朝の光を拝んだとき、柴田先生が、『やることはやった。あとはこいつに運があるかどうかだ』と漏らされた言葉を今も覚えているわ」

お芳の言葉を早乗りの伝次と呼ばれた男は黙って聞いていた。

「あなたが診療所にいたのは三月《みつき》かしらね、ある晩黙って姿を消した。覚えているの」

「忘れるものか」

「治療代がないのは最初からこちらも分かっていたことよ。なぜ一言先生に断わっていかなかったの。あれから一年半、音沙汰《おとさた》なしよね」

「まさか仙右衛門の連れがお芳さんとはな、なんとも間が悪いぜ」

と吐き捨てた伝次が匕首を懐に戻した。

「お芳さん、おれの命を救ってくれたお代は今晩仙右衛門の命で貸し借りなしだ」

「勝手な言い草ね。兄さんと私は、一心同体に廓内で育ったの。もし兄さんになにかあったら、お芳が許さないわよ」

「早乗りの伝次を脅すつもりか。お芳さん、こたびの一件ばかりは会所も旗色《はたいろ》が悪かろうぜ。仙右衛門に手を引かせることだな、そいつがただひとつ命を長らえさせる道だぜ」

と言い残した伝次が浪人者と仲間に顎をしゃくると待たせていた駕籠のほうに早足で戻っていった。

「お芳、助かった」

仙右衛門が手に巻いた手拭いを解いて懐に突っ込んだ。

「あいつの面をどこかで見たことがあるんだが、どうも思い出せねえ」

「うちに一年半ほど前、半死半生《はんしはんしょう》で担ぎ込まれてきたときは一匹狼《おおかみ》だと威張《いば》っていたけど、今じゃ違うようね」

「行こう、お芳」

仙右衛門はお芳の手を引くと浅草山谷町の家並みまで急ぎ足で歩いた。

「早乗りの異名《いみよう》があるところを見ると、焦《こ》げついたお店の掛け取りでも代行していたか」

「賭場に借りがあるたしかな客を回ってお金を回収するのが生計《たつき》だと言っていたと思ったけど、なぜ早乗りなのか分からないままよ」

「早乗りとは、女衒《ぜげん》が妓楼の主から金を預かって在所に娘を買いに行き、手金《てきん》を相手に渡さずにてめえの懐に入れてしまう奴の仕業のことだ」

「早乗りってそんな意味」

とお芳が応じたとき、山谷町の家並みに入っていた。

柴田相庵の診療所は直ぐそこだ。

「分かったぜ。伝次って野郎は、その昔賭場で作った掛け金の回収に回り、その銭をちょろまかしたのがばれて半死半生の目に遭った青二才《あおにさい》だ」

と仙右衛門は殺伐とした風貌に変わった男の過去を思い出した。

「兄さんが狙われているんじゃないのね」

「おれじゃない。今晩の野郎の口調じゃあ、会所が狙われているな」

「なぜなの」

「そいつは分からない」

仙右衛門は答えた。だが、仙右衛門は蔵前の一件が吉原会所に波及《はきゅう》してきたなと感じていた。七代目に呼ばれてこの一件を調べているのは、仙右衛門だけなのだ。それしか思い当たらなかった。

「お芳、いいか。あやつには近づくな」

「近づくもなにも診療所に迷惑をかけて勝手に逃げ出した男よ。どこに住んでいるんだか今なにをしているんだかも知らないわ」

「お芳、おめえと墓参りに行くってんで、懐に匕首を忍ばせていなかったのがおれの不覚だった。そのせいで柴田先生の治療代がちゃらになった」

「最初から払う気なんてないのよ、あの手合い」

お芳が傾きかけた木戸門を潜りながら、大きく息を吸い込んだ。

「ここが私の生きる場所よ」

「お芳、おめえが吉原を出てくれておれは命まで助けられた」

「兄さん、死なないで」

「おめえと夫婦になる前に死んでたまるか」

暗がりの中で手を握り合うと、ふたりは期《き》せずして長かった一日を思い起こした。

柴田相庵は酔いにとろんとした眼差しでふたりを迎えた。お芳の帰りを待っていたか、台所の板の間に四斗樽を据えて座していた。

「先生、遅くなりました」

お芳が板の間に正座して帰宅の挨拶をした。

「おお、戻ってきたか」

と眩しそうにお芳を見た相庵が仙右衛門に視線を回して、

「番方、首尾は上々のようだな」

「柴田先生、もっと早くお芳に会いに来るべきでした、後悔しています」

「そうかそうか」

と膝をぽんぽんと叩いた相庵が、

「お芳を泣かせるような真似だけはせんでくれ、頼む」

「泣かせるなんて。もう一生離すもんじゃねえ、先生」

「お芳、よかったな」

「はい」

「七代目に会《お》うて祝言の日取りを決めんとな」

「お互いこの歳にございます。晴れがましい祝言はどうでございましょう」

「うちのお芳は犬猫ではないぞ、くっつき合いは許さぬ。私の屋敷から嫁に出すのだ、他人に後ろ指さされるような真似ができるか。まあ、この一件、七代目とこの相庵に任せておけ」

と言うと相庵は立ち上がろうとして腰が砕《くだ》け、そのまま板の間に横倒しになると大鼾《おおいびき》で寝始めた。

「兄さん、頭のほうを持って、寝間《ねま》まで運ぶのを手伝って」

すでに柴田診療所のお芳に戻った口調で仙右衛門に命じた。

三

その夜のことだ。

番方の仙右衛門が大門を潜ったのは、五つ半（午後九時）に近い刻限だった。

時候がよいこともあって待合ノ辻から水道尻にかけての仲之町にまだ素見《ひやかし》の客

がいた。

「番方、お帰りなせえ」

金次《きんじ》が会所の番頭格の仙右衛門を迎えた。

「なにごともなかったろうな」

「心配ございませんよ、世は事もなしだ」

そいつはなにより、と応じた仙右衛門は、

「七代目はおられるか」

「はい。神守様と最前まで湯に入っておられましたよ」

と金次が答えた。

湯とは、会所の隣の引手茶屋山口巴屋の内湯のことだ。

仙右衛門は金次の返答を聞いて、胸が騒いだ。

七代目は気にかかることがあるとき、湯に入って長考する癖があったからだ。

そして、幹次郎を誘ったときは自らの考えに迷ったときだと承知していたからだ。

「長吉らはどうしている」

「見廻りに出ていまさあ。水道尻の後ろで野犬が五月蠅《うるさ》く吠えるって番小屋から使いをもらったもんで確かめに行っています」

しばし考えた仙右衛門は、

「金次、なにかあってもいけねえ、引け四つ（午前零時）まで油断するな」

と言い残し、敷居を跨ぐと、蚊遣《かや》りの煙が土間から上がり座敷に漂っていた。

吉原は周りを浅草田圃と鉄漿溝で囲まれているせいで蚊が多い。

（いつもの年より蚊遣りの出番が早いぜ）

と思いながら、仙右衛門は会所の主の四郎兵衛が控える奥座敷に向かった。

「ただ今戻りました」

と廊下から声をかけると、ふたりが遅い夕餉《ゆうげ》の膳を前にしていたが、酒も食事も済んだ様子があった。

茶を喫していた四郎兵衛が仙右衛門を迎えて、

「今晩はこちらに顔を出さなくてもよいと言うておいたはずですがな」

と言った。

「へえ、なんとなく会所に一日一度は姿を見せないと落ち着かないんで」

「番方、腹具合はどうです」

「十二分に酒も料理も頂戴しました」

なによりです、と応じた四郎兵衛が、

「余計なこととは承知ですが、お芳さんと話ができましたかな」

「へえ、皆さんにご心配をおかけしまして申し訳ございません。たった今、柴田相庵先生にお目にかかったところ、先生が近々七代目に挨拶に伺いたいと申されました」

「祝言のことですか」

「へえ。わっしら、歳も歳でございます。晴れがましいことは遠慮したいと申し上げたんだが、先生は犬猫をもらうのではない。うちから出す花嫁、祝言もしないでくっつき合いは駄目だと叱《しか》られました」

「当然です。会所の体面もございますでな」

四郎兵衛が大きく頷いた。その表情にはすでに祝言の腹案がありそうな様子だった。

「わっしらのことは別にしまして、ちょいと気にかかることがございました」

「池之端でかな」

四郎兵衛は娘の玉藻から聞いたか、仙右衛門とお芳が半日を過ごした場所も承知していた。

「いえ、小塚原縄手の泪橋でございますよ」

と前置きした仙右衛門は、行き過ぎた駕籠から用心棒の早乗りの伝次らが戻ってきて、駕籠の主の言葉として、

「余計な詮索はするねえ」

と伝えたことを告げた。

「脅しにございましょうな」

「ほう、番方にも脅しが行きましたか」

「偶々《たまたま》行き合っただけのことにございます。わっしは伝次の顔に見覚えがございましたが名も思い出せないくらいで、奴とこれまで諍いがあったとは考えられませんので」

「脅しは会所に対してですよ」

「とわっしも思いました。伊勢亀の大旦那が薄墨太夫を川遊びに誘う一件に絡んでの警告にございましょうな」

「まずそうみて間違いございますまい」

「今晩はお芳に助けられました」

仙右衛門は懐に匕首を所持していなかった迂闊《うかつ》を告げ、その危機をお芳が救ってくれた経緯を言い足した。

「お芳さん、なかなか度胸が据わっておりますな」

「相庵先生のもとに担ぎ込まれる者には生きるか死ぬかの怪我人もおります。伝次は命を助けられた上に一文の支払いもせずに逃げ出したんです。相庵先生とお芳にいくら伝次でも頭は上がりますまい」

「そやつ、柴田先生のところに迷惑をかけておりましたか」

「駕籠の主ですが、何者にございましょうか」

「番方、こちらもいくつか小さな動きがあった」

仙右衛門の問いには答えず四郎兵衛が話を進めた。

「ほう」

「先日、汀女先生が奥山でそなたと同じように脅しとも取れる警告を受けた。こちらは待ち伏せです」

「汀女様の身になにもございませんでしたよね」

仙右衛門がまず幹次郎の顔を見ながら汀女の身を改めて案じた。

「白昼の奥山です。香取屋の大番頭の次蔵が警告の主にございましてな、汀女先生には指一本触れていません」

と四郎兵衛が応じて、仙右衛門の顔に微妙な影が過《よぎ》った。

「番方、神守様には札差百九株を二分する内紛があることをお話ししてございます。明日からはおふたりで協力して動き、明後日の川遊びに備えてくだされ」

「へえ」

と得心《とくしん》した仙右衛門が、

「香取屋一派が動き出した日にわっしだけのんびりと時を過ごして申し訳ございませんでした」

と詫びた。

「いよいよ番方も年貢《ねんぐ》の納めどきですか。新所帯の夫婦の長屋をどこにするか、考えねばなりませんな」

「相庵先生は、お芳がいきなり診療所から姿を消すのは寂しい、敷地に小さな家《か》作《さく》があるのでそこに住め、大工に手入れをさせると、わっしとお芳が酔っぱらった先生を寝床に移したところで目を覚まされて、直談判をされました」

「柴田先生の診療所の家作な、それもひとつの手じゃな」

四郎兵衛が応じたとき、会所の土間に人の飛び込んできた気配がした。

「七代目、いるかえ」

という声は吉原見番《けんばん》の二代目の小吉《こきち》だ。水道尻の番小屋の番太だった小吉の声を会所の全員が承知だった。

仙右衛門と幹次郎が立ち上がり会所の土間に出ると、浴衣《ゆかた》がけで団扇を手に小吉が立っていた。

「どうしなさった、小吉さん」

「水道尻の外で会所の見廻りが野犬の群れに襲われているぜ」

と叫んだ。

その声を半分ほど聞いた仙右衛門が土間に飛び降り、壁に掛けられた鳶口《とびぐち》を摑んで後ろ帯に差し込むと、

「小吉さん、有難《ありがと》うよ」

四郎兵衛に挨拶して表に飛び出し、幹次郎も竹刀を手にすると続いた。

「番方、おれも行くかえ」

「金次、てめえはなにかあってもいけねえ、ここにいろ」

と叫び返した仙右衛門の声は大門外から響いてきた。そこに悠然と四郎兵衛が姿を見せた。

「小吉さん、なにがあったね」

「おれが番太だった昔を懐かしんで水道尻の火《ひ》の見櫓《みやぐら》に上がってよ、涼を取っ

ていたと思いなせえ、七代目。なんだか外で野犬が喧《やかま》しく吠えてやがったからな。使いを出して会所に知らせたこともあってさ、火の見櫓の上から外の様子を眺めていると会所の提灯の灯りが開運稲荷の方角に浮かんだ。犬の吠え声はそれでもやむ様子はねえ。提灯の灯りに長吉さんたち見廻り組の姿が見えた、そのときだ。野犬の一団が姿を見せていきなり長吉さんらに襲いかかったんだ」

「野犬が群れをなして吉原界隈で悪さをしておりますか」

四郎兵衛が初めて聞く話だと首を捻《ひね》った。

「七代目、あの野犬はただの野良犬じゃないな。人を襲うように訓練されてよ、その群れを操《あやつ》る者がいやがるんだ。一糸乱れず野犬が長吉さんらに襲いかかるのを見て、そう思ったね。そんでさ、火の見櫓の梯子段《はしごだん》を二段おきに下りてよ、会所に飛んできたってわけだ」

「小吉さん、大いに助かった。あとは神守様と番方がなんとかしよう」

仙右衛門は大門を出ると左に曲がり、鉄漿溝の外を左回りに吉原の裏手に走った。幹次郎は右に取ると、明石《あかし》稲荷の角を曲がって吉原の東側を九郎助《くろすけ》稲荷の方角へと走った。

野犬の群れが人を襲うには理由がなければならない。この界隈で野犬が群れをなしている話も人を襲撃するという話も聞いたことがなかった。

幹次郎の視界の先に吉原の万灯の光を受けた浅草溜《ため》の黒板塀が見えてきた。非人頭車善七《くるまぜんしち》が支配する溜だ。

風に乗って犬の吠え声が聞こえてきた。

幹次郎は鉄漿溝の角を曲がった。すると廓内の火の見櫓からの強盗提灯《がんどう》の灯りが犬と人の闘争を浮かび上がらせていた。

番太が火の見櫓に上がって灯りを点してくれていた。小吉の命によるものか。光の輪に長吉ら吉原会所の見廻り組が鉄漿溝の縁に追いつめられ、野犬十頭余りが半円に囲んで牙《きば》を剝《む》いているのが見えた。なにしろ長吉らは素手だったから足蹴りをして身を守ろうとしていた。

仙右衛門も鳶口を片手に必死に走ってきた。

幹次郎は、竹刀を振り回すと、

「小頭、助勢致すぞ」

と叫んだ。

「神守様、助かった！」

「最後まで気を抜くでないぞ」

幹次郎が野犬の群れに飛び込むと、狙いを転じた犬数頭が飛びかかってきた。

幹次郎の竹刀が右に左に振られて、片手殴りに野犬を打ち据えた。

地面に転がった仲間をものともせず、残った野犬が一斉攻撃に出た。だが、幹次郎と仙右衛門が新たに助勢に加わり、長吉らも元気を取り戻して野犬に反撃した。

ひゅっ
と口笛が響いて、野犬の群れが一斉に退《しりぞ》いた。

野犬ではなかった。だれか統率者がいて、意図的に吉原会所の見廻り組を襲わせたようだった。

「有難うよ」

仙右衛門が廓内の火の見櫓の上に向かって礼を述べた。

「小吉爺さんの命だよ、番方」

と応じた番太の持つ強盗提灯の灯りが犬の走り去った方角に移動した。すると一瞬、灯りの輪に袖なしの毛皮を着た武芸者が浮かんだ。

「おめえさんかえ。吉原会所の見廻りを犬に襲わせたのは」

仙右衛門が詰問《きつもん》した。

ゆらり、という感じで袖なしの毛皮を着た武芸者が強盗提灯の光の輪の中に自ら入ってきた。長い総髪が顔に垂れて表情を隠していた。

背丈は五尺三寸（約百六十一センチ）余か。

幹次郎は袖なしの前帯に鎖鎌《くさりがま》が差し込まれているのを見た。

「なんの曰《いわ》くで会所に嫌がらせをしやがる」

仙右衛門が詰《なじ》った。

袖なしの武芸者は長年野《や》に伏しながら犬と一緒に暮らしてきたのか、体から獣《けもの》の臭《にお》いが漂ってきた。

立場が替わっていた。

先ほどまで野犬の群れに追い込まれていた長吉らは仙右衛門と幹次郎の応援を得て元気を取り戻し、今は犬と替わった武芸者に詰め寄ろうとした。

だが、孤独の武芸者は、幹次郎らを恐れる風は全くない。

ゆったりとした動作で鎖鎌を前帯から抜いた。

鎌の刃は三寸五分（約十一センチ）ほどか、柄は一尺五寸（約四十五センチ）余、柄頭《つかがしら》に鉄環が嵌《は》められていた。鉄鎖は細く光っていた。

「番方、それがしが相手しよう」

と幹次郎が言い、竹刀を体の前に立てて武芸者の前に踏み込んだ。

火の見櫓から照射される強盗提灯が犬遣いの武芸者の挙動を浮かばせた。

右手に鎌を持ち、左手で鎖を保持していたが鎖の先についた分銅《ふんどう》を静かに回し始めた。

分銅はゆったりとした動きで水平の回転を始めたが、一気に加速された。

分銅の輪は大きく速く回転して夜気《やき》を切り裂いた。

体の前に立てた竹刀は微動だにしない。

武芸者の手首が捻られ、分銅の回転する方向が変わって、幹次郎の眼前で複雑な動きを取ると分銅は高く低く、立体的な動きを見せた。

鎖の長さは一丈《じょう》(約三メートル)もあった。その長い鎖を武芸者は自在に操った。そのうち武芸者にしては細身の体がしなやかに分銅の動きに同調して揺れ、分銅が複雑多彩な軌跡を描いた。

顔にかかった髪も乱れて揺れた。

(女武芸者か)

幹次郎はそのとき気づかされた。

なんという玄妙《げんみょう》な技か。

分銅が方向を転ずる間も、一瞬の遅滞《ちたい》も感じられない。

この場を鎖鎌の武芸者の分銅ひとつが支配していた。

幹次郎は静かにその瞬間を待った。

二度目、手首に捻りが入れられた。分銅の方向が転じて元の水平の回転に戻った。だが、次の瞬間、分銅が虚空《こくう》に跳ね上がり、幹次郎の脳天を直撃するように落下してきた。

幹次郎は不動のままの竹刀で分銅を弾いた。

分銅は女武芸者に向かって跳ね返っていったが、分銅を叩いた竹刀は粉々に砕けていた。

「神守様」

と長吉が次の攻撃を予期してか、悲鳴を上げた。

幹次郎は見ていた。

女武芸者が弾き返された分銅をなにごともなかったように素手《すで》で受けたのを。

幹次郎は手に残った竹刀の柄を捨てると、和泉守藤原兼定の柄に手を置いた。

女武芸者が小さな息を吐くと、くるりと幹次郎に背を向けた。実に大胆な行動で、幹次郎が背後から襲わぬと確信していた。

「そなた、香取屋の関わりの者か」

女武芸者の足が止まった。

「名を聞いておこうか、これでそなたとの戦いが終わるとも思えぬでな」

「遠州《えんしゅう》大草流《おおくさりゅう》津留野素女《つるのもとめ》」

とか細い声が応じた。

「それがし」

と幹次郎が名乗りかけると、

「居合は眼志流、剣術は示現流《じげんりゅう》神守幹次郎」

と女の背が言った。

「ほう、それがしのことを調べられたか」

「そなたの息の根、この素女が断つ」

と答えた津留野素女が浅草溜の暗闇に姿を没した。

ふうっ
と長吉が思わず安堵の息をついて、

「あやつ、女武芸者でしたか」

と幹次郎に尋ねた。

「あの者の鎖鎌、なかなか手強いと見た。もし次に出会うことがあったら、分銅が届く一丈の外に身を置くことです」

と幹次郎が長吉らに忠告した。

四

野犬に襲われた長吉らは何人かが軽い咬傷《こうしょう》を負っただけで事なきを得た。吉原会所に引き上げた一行は、焼酎《しょうちゅう》で怪我人の傷を消毒して手当てを済ませた。

その後、四郎兵衛が仙右衛門以下、若い衆を集めた。

「会所を眼の敵《かたき》にする一団があることが分かりました。先日、神守汀女様が奥山境内で札差香取屋の大番頭次蔵に脅された一件から始まり、番方が早乗りの伝次なる者に襲われそうになった出来事、さらには野犬の群れに会所の見廻りが襲われた騒ぎ、どうやらすべて根っこは一緒とみました。

明後日には三浦屋の薄墨太夫が蔵前の伊勢亀の大旦那の誘いで川遊びに出られる。伊勢亀の大旦那は、薄墨から神守夫婦の為人を聞いて関心を持たれたらしく、川遊びに神守様夫婦を伴ってよいかと会所にお断わりがあったゆえ、許した。薄墨太夫の身になにかあってもいかぬでな。

さて、御蔵前にはただ今嵐が吹き荒れているそうな。

伊勢亀の大旦那が薄墨と神守様夫婦を川遊びに誘われた直後に、香取屋の執拗《しつよう》な嫌がらせ、脅しが繰り返された。どうやら札差百九株の主導権を巡って、伊勢亀の大旦那派と急激に力をつけてきた香取屋一派の争いに会所が巻き込まれたと推量される。このことを念頭に置いて明日からの御用に当たってくだされ」

と四郎兵衛が一同に忠言し、釘を刺した。

だが、香取屋武七は田沼意次が蔵前に残した最後の布石《ふせき》、田沼派復権の足がかりではないかという推測は一同に語らなかった。

俗に田沼時代と呼ばれて田沼意次が重商主義《じゅうしょう》を推《お》し進めたのは宝暦期から天明期にかけての長期間だ。

家重《いえしげ》、家治《いえはる》の二代の将軍に重用されたが、天明六年八月に罷免され、田沼時代は俄《にわ》かに終わりを告げた。盤石《ばんじやく》と思われた田沼体制も印旛《いんば》沼、手賀《てが》沼の干拓《かんたく》政策の失敗もあって呆気《あっけ》なく崩壊した。

田沼意次は、幕閣《ばっかく》を牛耳っていた全盛期に幕府の表、中奥《なかおく》、大奥に門閥《もんばつ》の網《あみ》を張り巡らし、その支配体制を強固なものにしていた。田沼が密かに自らの保身と永続《えいぞく》のための布石としてあちらこちらに潜ませた隠れ田沼一派の残党のひとりが香取屋武七と想像されたが、その真偽《しんぎ》は未だ確たるものではなかった。

そこで四郎兵衛は長吉以下の若い衆にはこのことを告げなかった。ただ、札差百九株の筆頭行司を巡る争いとして伝えたのだ。

長吉以下が畏まって四郎兵衛の前を下がったとき、引け四つの拍子木《ひょうしぎ》の音があちらこちらから聞こえてきた。

九つ（午前零時）に打たれる拍子木は吉原だけの仕来たりである。幕府が官許の色里に許した終業の刻限は四つ（午後十時）だ。だが、吉原では四つの拍子木を九つまで待って打ち、およそ一刻ほど商いの時間を延長していた。この吉原刻限を引け四つといった。むろんこの一刻黙認のために幕府のしかるべきところには多額の金品が配られていた。

「長い一日でしたな」

四郎兵衛がいささか疲れた声で腹心《ふくしん》ふたりに漏らし、両目を瞑《つむ》ると親指と人差し指の腹で瞼《まぶた》を揉《も》んだ。そして、瞼を上げると、

「明日から全力を挙げて香取屋武七の身辺を探ってくだされ、番方」

「畏まりました」

と応じた番方が、

「伊勢亀の大旦那にこの件、ぶつけなさいますか」

と四郎兵衛の気持ちを確かめた。

「今ひとつ香取屋武七の身許《みもと》が摑めませぬな。武家という出自も、その豊富な資金源も、御蔵前を乗っ取る狙いもはっきりしません。伊勢亀の大旦那にあえてお知らせして川遊びの興を殺ぐこともありますまい。うちは薄墨太夫の川遊びに神守幹次郎様と汀女先生が同行なさる、それだけのことです」

四郎兵衛は札差百九株の筆頭行司を巡る争いにできることとなれば関わりを持ちたくないと考えていたのだ。札差の一派に吉原が加担すれば、その一派が力を失ったときに吉原もまた影響を受ける。

御免色里は幕閣からも札差や魚河岸《うおがし》などの同業組合からも一歩距離を置いて全方位外交を続けてこそ、その、

「繁栄《はんえい》と永続」

が保証された。代々の吉原会所の頭取はそのことに留意して采配を振ってきたのだ。

そう知っているはずの伊勢亀半右衛門がその気になれば、こちらから尋ねずとも、吉原会所に何を求めているのか、神守幹次郎に漏《も》らすはずと考えていた。四郎兵衛が改めて会所の方針を告げ、仙右衛門が頷いた。四郎兵衛が幹次郎に視線を移して、

「明日、身代わりの左吉さんと会われますな」

と念を押した。首肯した幹次郎は、

「左吉どのがなんぞ手掛かりを探り出してくれると、われらも腹を括《くく》り易《やす》いのですが」

と応じた。

「ならばこれを」

四郎兵衛が袱紗《ふくさ》包みを幹次郎に渡した。

二十五両の包金《つつみきん》がふたつ、五十両を左吉の探索費に充てよ、と四郎兵衛は差し出したのだ。

数日の探索に法外な値《あたい》といえばいえる額だ。

だが、それだけ四郎兵衛は香取屋武七のこたびの動きを重要視していた。この一件が成り行きによっては吉原を破綻《はたん》させかねない火種を秘めていると考えてい

たからこそ探索費に糸目をつけなかったのだ。

「お預かりします」

袱紗包みを懐に仕舞った幹次郎は、

「それがし、これにて失礼します」

と挨拶し、四郎兵衛の前から辞去しようとした。

「神守様、そなたと汀女先生がいてくれてどれほど吉原は心強いか」

「突然なにを言い出されますな。われら夫婦は吉原に拾われた身、精一杯ご奉公するのは当たり前です」

「神守様、わっしもね、神守様ご夫婦が吉原にいなかったらと想像するとぞっと致します」

仙右衛門まで四郎兵衛に加わった。

「おふたりして今宵はおかしい」

「いえね、今日もお芳にあっしら夫婦の手本は、神守様と汀女先生だ、見習いたいものだと大見得を切ったところでさ」

「私どもは私どもの道を歩きましょうと、お芳さんに諭《さと》されませんでしたか」

「いえ、お芳がそんなことを言うはずもない」

仙右衛門がどこか満ち足りた笑いを頰に浮かべて言い切った。

「今宵の仙右衛門どのはいつもと違う、どうしたことでしょう」

「神守様、冷やかしの相手にしては薹《とう》が立ち過ぎていましょうに」

「いや、こたびの一件をなんとか鎮めぬと番方とお芳さんの祝言もできませんでな。神守様、精々《せいぜい》努めてくだされよ、川遊びにひと波乱ありそうとみましたでな」

と四郎兵衛が話を元に戻した。

菅笠を手に幹次郎は、大門の扉がぎいっと閉められる音を聞きながら会所の裏口に回った。

「神守様、気をつけてお帰りくだされ」

見送りに出てきた仙右衛門が声をかけた。

「仙右衛門どのにとって佳《よ》き日であったようだ、これほど穏やかな番方の顔を見たことがない」

「わっしがね、神守様夫婦を手本にするとお芳に言ったのは真《まこと》ですよ。生涯の悔いが残らぬように他人の女房の手を引いて脱藩された神守様の勇気を思い起こして、お芳におれの嫁になれと口説きましたんで」

「首尾は上々吉《じょうじょうきち》ですね」

「さて、その問いに答えるにはわっしら夫婦の生き方を見てもらうしかない」

「番方とお芳さんなら大丈夫です」

幹次郎は仙右衛門に頷き返して、遊里の外に出た。

もはや五十間道に人影はない。

月明かりが曲がりくねった五十間道を照らしつけているだけで、引手茶屋の屋根に猫の影があった。

幹次郎は、

(今日一日着流しで過ごしたな)

とふと思った。

あんまの笛が響いた。

幹次郎はゆっくり五十間道を衣紋坂へと上がっていった。

見返り柳が夜風に揺れていた。それを見ながら日本堤に出た。すると山谷堀に煌々《こうこう》と灯りを点《つ》けた屋根船が一艘浮かんでいた。

こんな刻限に異なことが、と足を止めて屋根船を見た。

屋根船の真ん中にひとり旦那然とした男が煙草《たばこ》を吸っていた。あとは船頭だけの屋根船だった。

なにか意味があってか、そう思いながら幹次郎は今戸橋《いまどばし》の方角に向かって歩き出した。すると屋根船も幹次郎の歩みに合わせるように従ってきた。

不意に九つの時鐘《ときのかね》が浅草田圃を越えて殷々《いんいん》と響いてきた。

もはや土手八丁を駕籠で飛ばしてくる飄客もいない。


「おしげりなんし」

の遣手《やりて》の声を聞いて、束の間の快楽の時を吉原は迎えていた。

馬蹄《ばてい》の響きが前方からした。さらに後方からもした。

幹次郎は手にしていた菅笠を持ち直しながら路傍《ろぼう》に身を移した。

鐙《あぶみ》の上に身を立て、大薙刀《おおなぎなた》を振り被った乗り手が一気に間を詰めてきた。

後ろを振り向いた。後方からの襲撃者は槍を小脇に掻い込んでいた。

距離と馬の速さからいって幹次郎が足を止めた場所で二頭はすれ違うと目算《もくさん》された。


土手八丁の狭い道の真ん中に半身《はんみ》の構えで立った幹次郎は、馬蹄の響きで接近する二騎との間合を計った。

前方から来る馬がわずかに早いとみた幹次郎は、最後の間合を詰めてくる人馬に向かって菅笠を投げた。

くるくると回った菅笠が鐙の上に向かい、大薙刀を振るわんとした乗り手の顔の前に飛んだ。一瞬視界が塞《ふさ》がれて襲撃手の上体《じょうたい》が揺れた。

幹次郎の腰が沈んで、腰間《ようかん》の和泉守藤原兼定が抜き打たれた。同時に大薙刀が夜気を切り裂いて幹次郎の首筋を襲った。だが、菅笠で視界が塞がれた分、距離感が狂っていた。

反りの強い大薙刀の刃を寸毫《すんごう》に避けた幹次郎の兼定が相手の太腿《ふともも》から腰をかち割った。勢い余った相手の体が土手八丁の地面にもんどり打って転がり落ちた。

幹次郎は、
くるり
と身を反転させた。

後ろから攻めくる槍の襲撃手が目前に迫っていた。

幹次郎は腰をふたたび沈め、両足で地面を蹴った。

槍が扱《しご》かれて突き出された。

その瞬間、幹次郎の体は虚空にあって兼定の峰を背に叩きつけると一気に振り下ろした。

ちぇーすと！

奇怪《きかい》な叫び声が土手八丁に響き渡った。

薩摩《さつま》示現流の猛稽古に耐えた者だけが肚の底から絞り出すことのできる、

「死の宣告」

だった。

槍の穂先が虚空にある幹次郎の小袖の裾を突き破り、兼定の刃が相手の脳天に叩きつけられて、鐙の上に中腰で立つ襲撃手を鞍《くら》に押し潰した。

「げええっ！」

鞍から襲撃手の体が転がり落ちたが、手綱《たづな》が足首に絡まったか、どしんと地面に落ちた体を空馬《からうま》が土手八丁を今戸橋の方角へと引きずっていった。

ふわり

と幹次郎は路傍に下り立った。

空馬に引きずられた襲撃手の体がぽんぽんと跳ね上がるのが見えた。

山谷堀からこつこつとした音が響いた。

幹次郎が見ると屋根船の主が煙管《キセル》で船縁《ふなべり》を叩いていた。頭上には半分ほど簾がかかり、主の顔を隠していた。

「なんの真似にござろうか」

「神守幹次郎様、快《かい》なるべし」

船の主のしわがれ声が応じた。

「香取屋武七どのかな」

「ほう、私の名を承知にございますか、いささか光栄に存じますな」

「ここ半月足らずであれこれと、香取屋の大番頭さんやら、早乗りの伝次なる者やら、最後には野犬の群れを操る女武芸者津留野素女までが入れ替わり立ち替わり、われらが前に姿を見せて香取屋様の名を喧伝《けんでん》していきましたでな」

「ほう、そのようなことがございましたか」

「主は与り知らぬことと申されますか」

「近ごろ商いがいささか煩《わずら》わしいと感じましてな」

「出は武家じゃそうな」

「ほう、そのようなことまで巷《かみ》に流れておりますか」

「香取屋武七どの、吉原はお上にもいかなる同業組合にも中立を守るがゆえに生き延びてきた遊里と聞き及んでおります。札差百九株の頭領がどなたか、百九株が決めればよいことでございましてな、その決着には関心がございません。これはそれがしの考えにあらず、七代目の言葉にございます」

「さすがに御免色里の見識《けんしき》にございます。それがよろしかろうと香取屋武七も考えまする」

「ただし、大薙刀の刃や槍の穂先が吉原会所に向けられたとき、一丸《いちがん》となって抵抗するのも吉原のよきところにございます」

「覚えておきましょうかな、神守様」

船の主の煙管が大きく船縁を叩くと、船頭が心得て竹棹《たけざお》で山谷堀の川底を突いて、屋根船がすいっと隅田川へと下っていった。

幹次郎が左兵衛長屋に戻ったとき、汀女は行灯の灯りで手習い塾の遊女たちが書いた文章に朱《しゅ》を入れていた。

「幹どの、ご苦労に存じます」

と汀女が年下の亭主を迎えた。

「姉様、まだ起きておったか」

「なんとのう、長い日になるように思いましてな」

「仙右衛門どのにとってもお芳さんにとっても、それがしにとっても長い長い一日であったわ」

と幹次郎は夏小袖の裾の破れを汀女に示した。

「折角《せっかく》の夏小袖がこれではな。姉様が仕立ててくれた小袖じゃが、相すまぬことをした」

「鉤裂《かぎざき》にしては大きう破れましたな」

と幹次郎は、土手八丁での騒ぎを告げ、帯を解いた。

「槍の穂先に突き通されたのじゃ」

「なんと騎馬武者二騎が襲いきましたか」

と言いながら、汀女が破れた小袖を幹次郎から脱がせ、

「なんとか繕《つくろ》うてみます」

と部屋の隅の乱れ箱から普段着を取ると幹次郎に着せかけた。

「戦国時代でもあるまいに騎馬武者の出現とはどういうことにございますか」

「香取屋武七の目の前のことであった」

と香取屋の主を乗せた屋根船が山谷堀に浮いていたことを告げた。

「偶然ではございますまい」

「こちらの力を見たのであろう。姉様も香取屋の大番頭に脅しとも取れる言葉を

投げられたな」

「香取屋様、なにを考えてのことでございましょうかな」

「さあてな、他人様が考えることはいささかも分からぬものよ」

「川遊びに招かれたことと関わりがございますな」

「まず間違いなかろう。川遊びに参ればなんぞ香取屋のやらんとすることが見えるやもしれぬ」

「川遊びに招かれたとき、なんと風流なと思いましたが、煩わしい騒ぎが隠されておりましたか」

汀女が溜息を吐いた。

「姉様、仙右衛門どのはなんとも幸せそうであったぞ」

と幹次郎は話柄を変えた。

「今宵、番方に会われましたので」

と汀女が顔を和《なご》ませた。

「あれこれと不快なことがあってな、かような刻限になったのじゃが、救いは仙右衛門どのがお芳さんと会われて一日をふたりだけで過ごされたことじゃ」

「それはよい話にございますな」

「仙右衛門どのはお芳さんに想いを伝える折り、われらがことを手本にしたいと申したそうな」

「幹どのが他人の女房の手を引いて藩を逐電した暴挙《ぼうきょ》を手本にですか」

汀女が自分たちの行いをこんな風に表現した。それは、

「暴挙」

がはるか昔の出来事であることを示していた。

「たしかに無謀《むぼう》なことであったかもしれぬ。それが一組の夫婦を誕生させたとするならば、それはそれでよしとしなければなるまいな」

幹次郎と汀女は、期せずして若い時代の無謀な振る舞いを思い起こしていた。

第三章　田沼の亡霊

一

下谷山崎町《やまざきちょう》の香取神道流《かとりしんとうりゅう》津島傳兵衛《つしまでんべえ》道場に幹次郎が顔を出したのは、朝五つの刻限であった。

長い一日が終わり、夜半に床《とこ》に就いたが、なんとなく心が落ち着かず浅い眠りで朝を迎えた。当然すっきりとしない目覚めで、床から出た幹次郎は木刀を手に庭に出て素振りの稽古をして汗を流そうかと考えた。が、このようなときはもっと体を苛《いじ》めて、体内のもやもやとしたものを汗と一緒に外に出すにかぎると思った。

「姉様、津島道場に参ろうかと思う」

「なかなか眠れなかったようですね」

「段々と年を取るということかのう。若いうちはどのような状態でもするりと眠れたものを、近ごろでは夜中に目を覚ますことがある」

と幹次郎が苦笑いした。

「幹どの、老いのせいにするのはいささか早過ぎましょう。会所の御用を床に就いたあとも気にかけておられるということにございますよ」

「そういうことかのう。豊後岡城下での一年分の騒ぎがこの吉原では一日で起こる。それも一瞬の遅滞も許されぬ、気を使う御用ばかりだ」

「それだけ吉原というところが江戸の中心のひとつということでございましょう。幹どのの気がなかなか鎮まらないのもむべなるかなです」

「気の疲れは万病の因というでな、汗を流して疲れを吹き飛ばそうと考えたのだ」

「親しきお仲間と稽古を致せば気も紛《まぎ》れましょう、よい考えかと存じます」

井戸端で洗顔を済ませた幹次郎は、朝餉《あさげ》も早々に汀女の出した白地の絣《かすり》に夏袴を身に着けた。この日手にしたのは、豊後岡城下を抜けるとき持参した無銘の長剣だった。久しぶりに腰に差した刃渡り二尺七寸（約八十二センチ）がずしりと重く感じられた。

左兵衛長屋の木戸を出ると朝靄《あさもや》が漂う浅草田圃を抜けて奥山から浅草寺境内を通り、広小路《ひろこうじ》から新寺町通りを西に早足で歩いて、下谷山崎町の津島道場に辿りついた。

道場からは武骨な気合い声と竹刀の音が響いて、表口に昼顔の鉢植えが飾られてあるのがなんとなくおかしかった。

幹次郎の頭に閃《ひらめ》いた。

「昼顔に　からんで竹刀の　音ひびく」

幹次郎は指を折りながら五七五を確かめた。

「五八五か、据わりが悪いな」

と呟くと、ふたたび指を折って思案した。

昼顔に　からむ竹刀の　音清《さや》か
「ふーん、こちらがまだましか」

と独語《どくご》していると師範のひとりが、

「なにをしておられるのです」

「これは師範、なんでもござらぬ」

と、思いついたばかりの句を忘れた。

ひと稽古終えたか、師範の顔にうっすらと汗が光っていた。

「近ごろお見限りかと思うておりましたが、仮宅から新装吉原に戻り、神守どのの仕事も一段落ですか」

「いえ、そうではございません。御用は際限なく次から次へと押し寄せて参ります。気が疲れるせいか、なんとのう鬱々《うつうつ》としております。そこで気鬱を吹き飛ばそうと稽古に参じました」

「なによりなにより、稽古着に着替えてこられよ。神守様を待ち受けておる門弟がおりますでな」

という師範の言葉を聞いた幹次郎は控え部屋で着替えて道場に通り、神棚に向かって一礼すると門弟の重田勝也《しげたかつや》が竹刀を二本持って立っていた。

どうやら待ち受けている門弟とは若手三羽烏《さんばがらす》のひとり重田勝也のようだった。

「神守様、ご指導願えますか」

慇懃《いんぎん》に願った重田の顔に自信めいた気配が漂っていた。毎朝稽古に通うほど熱心だった。その割には筋が今ひとつ、と先輩門弟が面と向かってからかうほど人柄もよかった。どうやら近ごろ力をつけたのだろう。

「こちらこそ」

竹刀を受け取った幹次郎と重田は一礼し合って、竹刀を相正眼《あいせいがん》に構え合った。

その瞬間、幹次郎は吉原会所の御用を忘れた。

「え、えいっ」

甲高い気合いが響いて面打ちに来るのを弾くと重田は、二の手三の手と次々に攻めかかってきた。

幹次郎とは力の差があるだけに重田の攻めには屈託《くったく》がない。ともかく間断《かんだん》なく攻めてきた。

受けてみて以前より力強いことが感じ取れた。

幹次郎は有り余るほど力が漲る重田の攻めを丁寧に受けて、ときに次の攻めがし易いように隙を作ってみせた。

重田はそのような幹次郎の配慮にもお構いなしに自ら決めた攻めの手順を繰り返した。

「重田どの、技を仕掛けるに急ぐことはない。攻めの動きを途中で止めて次の技にかかってはいけません。ひとつひとつの攻めを丁寧にな、最後までし遂《と》げるのです」

「ほれ、腰が浮いてこられた。腰は守りと攻めの基点にござれば、どっしりと構えておられよ」

「その面打ちはもう半歩踏み込みが足りぬ。思い切ってな、行き過ぎたかと思うくらいの踏み込みがちょうどよかろう」

などと重田に忠言を与えた。

重田は幹次郎の注意を一応聞いていたが、その教えを動きに取り入れるほどの余裕がなかった。腰が浮いてきて、攻めが腕だけになってきた。

「腰が入っておらぬぞ、かたちばかりで攻め切れてはおらぬ。最後に一本びしりと決めなされ」

幹次郎に鼓舞《こぶ》された重田が一歩後退して間合を取り直し、弾む息を整えると、

「お面!」

と叫びながら最後の力を振り絞って幹次郎の額に竹刀を振り下ろした。

幹次郎は竹刀を横にして受けた。なかなか力が籠《こも》った一撃だった。

さあっ

と後退した幹次郎が、

「見事な面打ちにござった」

と褒めると重田が幹次郎に息も絶え絶えに礼を述べ、その場に腰から崩れ落ちた。

「勝也、そなたの稽古は騒がしいばかりで中身がないのう」

ふたりの稽古を見物していた師匠の津島傳兵衛が重田に笑いかけた。

「し、師匠、そうは申されますが長足《ちようそく》の進歩と思えませぬか。神守様と互角《ごかく》に打ち合えるようになったのですからな」

「そうか、互角に打ち合《お》うたか」

「おや、師匠の言葉は疑っておられるように聞こえました」

「打ち合うたのではない。そなたひとりで竹刀を振り回して息を切らしておるだけだ」

「えっ、一本だって神守様に攻めさせなかったですよ」

「そなたの師匠はだれか、この場におられれば赤面《せきめん》して顔も上げられまい」

「師匠、おかしな言葉にございます。それがしの師は津島傳兵衛様、そなた様にございましょう」

「ゆえに恥ずかしゅうて顔も上げられぬと申しておろうが。神守どのが攻めなかったのではない。隙まであれこれと工夫してそなたに自信をつけさせようとなされたのが分からぬか」

「えっ、神守様はそれがしの攻めに付け入る隙がなかったのではございませんので」

呆《あき》れた、と師範の花村栄三郎《はなむらえいざぶろう》が大声を上げ、先輩門弟の間に失笑が起こった。

「なんだ、それがしの攻めに困惑されたのかと思うたが、神守幹次郎打倒の道はなお険し、か」

と重田が慨嘆《がいたん》した。

「神守どの、愚かな門弟のお付き合い、ご苦労にござった。重田勝也の口直しに傳兵衛と付き合うてくだされ」

と幹次郎に言った。

「津島先生直々《じきじき》のご指導とは光栄にございます」

傳兵衛と幹次郎の打ち込み稽古に道場内がざわめいた。竹刀から木刀に替えられ、互いに一礼し合って、構え合った。

攻めと守りは剣術家の呼吸でおのずと決まる。それはお互いが信頼し、技量が分かり合っている上でのことだ。

関東剣術界の一流、香取神道流の津島傳兵衛が攻めを受ける仕太刀《したち》の役を務め、幹次郎が攻めの打太刀《うちだち》と決まった。だが、その役は固定されたものではない。無言の裡《うち》に攻守が交代し、また元に戻った。

ふたりの稽古は勝敗を超越し、流れるように進行していき、木刀と木刀が打ち合わされる度《たび》に、
かんかん！

という乾いた音が道場内に心地よく響き渡った。

門弟のだれもが津島傳兵衛と神守幹次郎の、一瞬の緩みも破綻も感じられない木刀稽古に見入り、時が過ぎるのを忘れていた。

半刻ほども稽古が続いたか。

互いがその意思を読み合い、すいっ、と木刀を引いた。

幹次郎はその場に正座すると、

「ご指導有難うございました」

と礼を述べた。

時があっという間に過ぎ去ったようで幹次郎の体から鬱々としたものが霧散《むさん》し、

涼しげな風が吹き抜けていた。なんとも爽やかな汗が額に浮かんでいた。

傳兵衛は、幹次郎の屈託を察して稽古に誘い、半刻も付き合ってくれたのだ。

「神守どのが手加減してくれたで、なんとか津島傳兵衛、恥をかかずに済んだ。これ、重田勝也、そなたの打ち込みと比較してどうか」

「師匠、なにを比べよと申されましたか」

「そなた、師の言葉を聞いておらぬのか」

「いえ、私め、神守様相手に打ち込みなぞなした覚えは毛頭《もうとう》ございません。いえ、師匠と神守様の打ち込みの前座を務めたに過ぎませぬ」

「ああ言えばこう言いおって。師の傳兵衛がこの体《てい》たらくだぞ。そなたの攻めなど娘っ子のままごとだ、竹棒踊りだ」

「それがしのは娘っ子のままごとですか、竹棒踊りですか。それはいささか厳しゅうございましょう」

師匠と若い門弟のやり取りもまた屈託ない。

この津島道場のよいところは、師匠以下門弟が身分の違いを超えて和気藹々《わきあいあい》と剣術そのものを楽しんでいることだ。

幹次郎は承知していた。津島傳兵衛の香取神道流の技が奥義《おうぎ》に達し、江戸剣術界でも一目《いちもく》置かれていることを。だが、傳兵衛はそのことを自ら誇ろうとはしなかった。

それも幹次郎がときに津島道場に通いたくなる理由のひとつだった。

「津島先生、重田勝也どのにございますが、以前より確実に体力をつけておられます。一打一打、今少し丁寧に打ち込まれるならば、かたちが身につき、技が一段と進歩されましょう」

幹次郎は正直な感想を述べた。

「ほれ、師匠、稽古は嘘を吐きませぬ。それがし、長足《ちようそく》の進歩ですと神守様が認められましたぞ」

「だれが長足の進歩と申したか、たわけ者が」

と師範の花村に叱られたが、

「おや、私めの聞き間違いでございましたか。長足の進歩と聞こえたがな」

と重田は平然としたものだ。

「勝也だけ神守どのの指導を仰《あお》いだのでは勿体《もつたい》ない。若手三羽烏の残り、どこにおる」

と師範の花村が道場内を見回すと、

「ありゃ、見つかったぞ」

と言いながら、大音寺《だいおんじ》新太郎《しんたろう》と天童忠五郎《てんどうちゆうごろう》が立ち上がった。

「そなたら、一人ひとりでは相手をなさる神守様が退屈して居眠りなさるわ。ふたり一緒にしっかりと稽古をつけてもらえ」

師範の花村がふたりに命じて、幹次郎はふたたび竹刀に持ち替えた。新太郎と忠五郎相手に四半刻《しはんとき》（三十分）ほど稽古を続けた。

この朝、幹次郎が稽古を終えて津島道場をあとにしたのは四つ半（午前十一時）の頃合いだ。

下谷山崎町から武家屋敷や御徒衆《おかちしゆう》、御持組《おもちぐみ》与力の住む大縄地《おおなわち》（長屋）の間を抜けて東叡山寛永寺《かんえいじ》の東、通称山下《やました》に出ると一枚橋《いちまいばし》への武家地を抜けて、神田川《かんだがわ》の和泉橋《いずみばし》に出た。この橋は渡らずに向柳原《むこうやなぎわら》をひとつだけ下流の橋、新《あたら》シ橋で柳原通りに出た。

幹次郎は馬喰町の一膳めし屋を兼ねた虎次の煮売酒場に立ち寄った。左吉がいれば香取屋武七への探索の結果を尋ねようと思ったのだ。

とはいえ、昨日の今日、相手は札差だ。いくら左吉でもそう容易く探り出せるとも思えなかった。

「あれ、神守様は今日も来たぞ。よほど左吉さんと馬が合うんだね」

と小僧の竹松が出迎えてくれた。

「まあそんなところだ。本日、左吉どのは参っておられまいな」

「来るとしたら昼の刻限だね。どうする、待ちますか」

当てもなく左吉を待つより左吉の使いを会所で待ったほうがいいと思案が固まった。

「いや、約定《やくじよう》もなく立ち寄ったのだ。会所に戻ろう」

「そうかえ、昼には顔を出すと思うがな」

「竹松さん、この包みを左吉どのに渡してくれ」

幹次郎は四郎兵衛から預かった袱紗包みを竹松に預けると一膳めし屋を出た。


幹次郎が吉原会所に行くと騒ぎが起こっていた。

伏見町《ふしみちよう》の小見世初音楼《はつねろう》の番頭の七兵衛《しちべえ》が仙右衛門相手に訴えていた。それを幹次郎は黙って聞いた。番頭の話があちらこちらと前後するもので途中から聞いてもおよその事情は分かった。

二日前から楼に上がった男ふたりの客が、当てにした金子が届かないといって、ひとりが催促《さいそく》に行ってくると楼を出た、昨日の朝のことだ。ひとり残った若旦那風の客は自ら布団部屋に居場所を移して、居残りになった。が、夕刻前に、

「いささか面目ねえが店に戻れば、この楼の払いくらい直ぐに都合がつく。付《つ》き馬《うま》を願おうか」

と帳場に願い出たそうな。

「おまえ様のお店ってどちら様で」

と番頭の七兵衛が問い返すと、

「麴町《こうじまち》三丁目の菓子舗鈴木兵庫祐《すずきひょうごのすけ》ですよ」

「お待ちください。麴町三丁目の鈴木兵庫祐様と申せば、落雁煎餅《らくがんせんべい》で有名な菓子舗ではございませんか」

「番頭さん、その鈴木の六代目の直太郎《なおたろう》が私さ」

「若旦那でしたか。なんでまた懐に金子の用意もなく小見世のうちなんぞにお仲間と上がりなさったんで」

「さっきのは、ちょいと金子を用立ててやった野郎なんで。吉原で一杯呑んで金の貸し借りにけりをつけようと話がついて、二日前にこの楼に上がったのは、その野郎の指名なんだよ。これ以上もう野郎を信じて待つわけにもいくまい。実家

に無心するのはいささか恥ずかしいが、こちらにもこれ以上の迷惑もかけられまい」

と鷹揚《おうよう》な態度だ。

さて、付き馬とは妓楼の男衆の仕事のひとつで、掛廻りと称した職種の男衆がする。帳場と妓楼の主の頼みで、遊び代が不足した客の家やお店に行き、不足の売掛金を集めるのが仕事だ。

この役目、吉原の中にいるより外で働き、掛け合いに際しては理屈も捏《こ》ねれば脅しの言葉のひとつも言えないと務まらない。給金は女中以下の二両二分ばかりだが、集めた金子の何割かを受け取る約束で、腕のいい掛廻りは歩合が給金の十倍以上もあった。

最初から呑み食い遊び代もなしに騒ごうという連中を相手にしたから、各楼もそれなりに押しが利き、脅しや暴力にもびくともしない男衆を付き馬にした。

初音楼の掛廻りは、草相撲《くさずもう》上がりの朝吉《あさきち》という刺青者《いれずみもの》で、体も大きく腕っ節も強かった。

この朝吉が直太郎に従って麴町三丁目の菓子舗鈴木兵庫祐方に向かった。だが、麴町に到着したとき、表戸は閉ざされていた。

「朝吉さん、うちはこの店とは別に家を構えているんだ。お店の奉公人に恥を曝《さら》すのもなんだ。すまねえが、この裏手の平河天満宮《ひらかわてんまんぐう》横の家に回ってくれないか」

「おまえさん、なぜ最初から家が別なら別と言わなかったんで」

「お店が開いている時分なら親父がいたさ。だが、お店が閉まっちゃしようがないよ。菓子作りは朝の早い商売、親父が酒に酔う前に行かねえと、親父の酒癖は悪いからね、無駄足になるよ、朝吉さん」

直太郎は平河天満宮横の屋敷に朝吉を強引に連れていった。が、その前に、

「朝吉さんよ、勘定がうまく回収できるように天満宮にお参りしていくぜ」

と直太郎がさっさと平河天満宮の拝殿前に進んだとき、付き馬の朝吉に危難《きなん》が襲いかかった。

がつん！

と後ろから丸太ん棒かなにかで殴られて失神した。

激しい頭痛に見舞われた朝吉が気がついたのは朝方のことだ。怪我を負った頭を気にしながらも天満宮横の屋敷を訪ねた。

だが、うちは鈴木兵庫祐の実家でもないし、直太郎なんて倅はいないという。

慌てた朝吉は麴町三丁目角の菓子舗鈴木兵庫祐の店に行ったが、そのような人物

に心当たりはないとけんもほろろの応対で、這《ほ》う這《ほ》うの体《てい》で初音楼に戻ってきたのだ。

「番頭さん、事情はおよそ分かった。朝吉さんはどうしてなさる」

「頭痛が激しいってんで柴田先生のところに治療に行ってますのさ、それでまず私が会所に出向いたところで」

「分かった。当人の朝吉さんに会おう、番頭さんも一緒してくんな」

仙右衛門が幹次郎に目で合図した。

二

山谷町の柴田相庵の診療所では大騒ぎが起こっていた。

仙右衛門ら三人が傾きかけた木戸門を潜ると、母屋の診療所が騒然とした気配に包まれ、診察を受けに来た患者や怪我人が落ち着かない様子で診療の間を覗き込んでいた。

「番方、おかしい」

幹次郎の声を聞く前に単衣の裾を手繰《たぐ》り上げた仙右衛門が走り出し、幹次郎が

続いた。初音楼の年寄り番頭七兵衛が、

「なんだえ、急に慌てて」

と呼ぶ声を背に聞き流した仙右衛門が、

「ちょいと御免なすって」

と診療の間を覗き込む患者らに声をかけると、廓内の男衆が振り向きざまに、

「仙右衛門さんか、もう遅いよ」

と言った。

「盛三《せいぞう》さん、なにが遅いので」

「初音楼の掛廻りの朝吉さんだよ。凄い声を響かせて手足を振り回して暴れていたがね、もう駄目らしいんだよ」

「なんですって」

仙右衛門と幹次郎は強引に患者や怪我人の間に割り込み、履物《はきもの》を脱ぎ棄てて板の間の診療部屋に上がった。

奥の部屋ではお芳や診療所の男衆がぐったりとした表情でおり、相庵が朝吉の脈《みゃく》を取るのを見ていた。不意に相庵が顔を上げて、だめだという風にお芳に顔を向けて振った。

男衆のひとりは暴れる朝吉に殴られたか、顔に青あざを作ってしかめ面をしていた。

「相庵先生」

仙右衛門が呼びかけると疲れ切った顔の相庵と頰を紅潮させたお芳がこちらを振り向き、

「番方か」

「兄さん」

と同時にふたりが言った。

「初音楼の朝吉さんが亡くなったって真ですか」

「見ての通りだ。たった今、脈が途絶えた」

「柴田先生、嘘だろう。朝吉はたしかに殴られてましたがね、麴町から独りで歩いて戻ってきたんですよ」

事情を知った初音楼の番頭が土間から叫んだ。

「番頭さんや、ようこの怪我で麴町から吉原に戻ってきたな」

「怪我だなんて、朝吉には傷なんぞなにもございませんでしたよ。激しい頭痛がするってんで、こちらに診察に来させただけですよ」

「傷がないというのが曲者《くせもの》なんだ、番頭さん。この人がふらふらとうちに来たときは挙動がすでにおかしかった。訊けばいきなり重いもので殴られて失神したと答えたがね、いつ殴られたんだか、どこで殴られたんだか、もう言葉もしどろもどろ、呂律《ろれつ》が回らない上に記憶も定かではない。聞き取るのにお芳が往生《おうじょう》したくらいだ。頭の中で血が出て溜まり、頭痛や痙攣《けいれん》を引き起こしたんだ。外から見える傷がないのが一番厄介《やっかい》なんだよ」

と相庵が丁寧に説明した。

「そんな馬鹿な」

番頭が呆然として言い、どうしようと呟いた。

「番頭さん、おめえさん、初音楼に戻り、まず主にこのことを知らせなせえ」

「はっ、はい」

「面番所にも届けて検死《けんし》を願うんだ」

仙右衛門に命じられた番頭が踵を返してふらふらと診療所を出ていった。

「相庵先生、殴られたのは一回だけかえ」

「後頭部の腫《は》れの他に顔に擦《す》り傷がある。こいつは倒れるときに無意識に両の手で庇いながら顔から転がったときの傷だろう」

「つまり打撲《だぼく》は一回」

「兄さん、一回よ。この体でよくも麴町から吉原に戻ってきたものだわ」

お芳の言葉には興奮があった。

「朝吉さんは川向こうの平井《ひらい》辺りで草相撲の小結《こむすび》だったとか。力自慢、体力自慢だったからな、常人ではできねえことをやり通して歩いてきたんだろうな」

「兄さん、朝吉さんは付き馬に行ったの」

「どうやらそうらしい。二日前に初音楼に上がったふたり組のひとりがひと晩居残り、昨日になって実家は麴町の老舗《しにせ》の菓子舗だと名を明かしたんで、その男に朝吉さんが従ったんだ」

「鈴木なんとかいうのがその菓子舗かしら」

「お芳さん、鈴木兵庫祐と朝吉さんは言わなかったか」

「先生も聞いたけど言葉も怪しくて、鈴木と聞き取るのがやっとだったわ」

お芳の言葉に頷き返した仙右衛門が、

「朝吉さんが老舗の菓子舗鈴木兵庫祐を訪ねたが、そんな倅はいませんと言われたそうな」

「初音楼も迂闊だったな。いくら小見世とはいえ一見《いちげん》の客に呑み食いさせて、女郎をあてがったのだろう。そのせいで死ななくていい掛廻りが殺された」

と相庵が朝吉の死に顔を見下ろした。

「付き馬が客に撒《ま》かれたって話はよくあることで驚きもしない。しかし殺されたなんて初めてのことだ。もっとも気を失わせようと思ったのが勢い余ったか、打ちどころが悪かったか」

仙右衛門が呟き、相庵がなにか言いかけたが途中で言葉を呑み込んだ。

「先生、診療の間を仏《ほとけ》に独り占めさせておくわけにはいくまい。どこぞに骸《むくろ》を移すかえ。手伝うぜ」

「兄さん、この部屋の隣が薬部屋なの、そちらに移してもらえる」

お芳の指示に仙右衛門と幹次郎は、診察用の布団ごと持ち上げてまだ温かい朝吉を薬部屋に運び込んだ。そこへ表から、

「吉原面番所村崎季光《むらさきとしみつ》様のご出馬《しゅつば》だ！　どけどけ」

乱暴な声がして御用聞きに先導された村崎同心が姿を見せた気配がした。そして、どかどかと足音をさせて十手《じって》を振り回した面番所出入りの御用聞き、山川《やまかわ》町《ちょう》の親分こと、あごの勘助《かんすけ》が姿を見せ、

「だれが骸を移せと命じたんだよ」

と叫んだ。

表は明るく薬部屋は薄暗いせいで、仙右衛門と幹次郎のふたりが座っているのが見えなかったようだ。

「あごの親分、事情は分かっているんだ。柴田先生の診療の間を仏に占拠《せんきょ》させて怪我人や病人の診察や治療が止まってもなるめえが」

仙右衛門が静かに言った。

「な、なんだ、番方がそんなとこにいたのか。この一件、会所が絡んだ話か」

あごの勘助は、ようやく薬部屋の薄暗さに慣れたか、ふたりを認めて言った。

あごの勘助の異名は、顎がしゃくれたように長く出張っているところから来ている。

「相変わらず素早いな」

村崎同心がじろりと幹次郎を見下ろしながら薬部屋に入ってきた。

「うちに知らせが入ったんですよ、村崎様」

「付き馬が死んだって」

「へえ」

と応じた仙右衛門が、知るかぎりの経緯を手際よく面番所の隠密廻《おんみつまわ》り同心に告げた。

「初音楼でふたりが二、三日居続けしたって大した金子じゃあるまい。付き馬を殺すなんてどういう了見《りょうけん》だ」

「殺す気ではなかったかもしれませんや。偶々打ちどころが悪かったとも考えられますぜ」

と応じた仙右衛門が、

「こいつは吉原の外で起こった殺しだ。村崎様方にお渡し申しますぜ」

と身を引こうとした。

「待ちねえ、仙右衛門」

「なんですね」

「厄介な仏をこっちに押しつける魂胆《こんたん》じゃねえだろうな」

「よしてくださいよ。そうじゃなくとも会所にはあれこれと騒ぎが持ち込まれて大変なんですから」

「会所は札差百九株の筆頭行司を巡る争いに巻き込まれているそうだな。仙右衛門、七代目に伝えておけ。廓外の騒ぎに吉原会所が首を突っ込む権限などこれっぽっちもないとな」

村崎同心が小指の先を立てて見せた。

「村崎様、会所は分《ぶん》を心得ていまさあ。遊里の外の騒ぎに立ち入る余裕なんぞ、こちとらにはございませんので」

「嘘を申せ。伊勢亀の大旦那の川遊びに裏同心の夫婦が従うそうではないか」

村崎が無言の幹次郎をふたたび見た。

「薄墨太夫が川遊びに誘われた一件ですな。こいつは致し方ありますまい。三浦屋の太夫になにかあってもいけませんや。楼から相談がありましたんでね、神守様と汀女先生が従うって話だ」

「薄墨は裏同心どのに惚れておるゆえ、目付《めつけ》役で女房が従うのではないか」

「呆れてものが言えねえや。汀女先生が同行なさるのは伊勢亀の大旦那の指名と聞いていまさあ、不審なれば伊勢亀に問い合わせてくださいまし」

仙右衛門が呆れ顔で言うと、

「村崎様、朝吉をお渡ししましたぜ」

と念を押した。

「ときには会所のために下働きをせんとな、美味《うま》い汁も吸えぬでな」

と今度は村崎同心が番方に猫撫《ねこな》で声で答えた。その頭の中には、初音楼から始末料をいくらふんだくろうかという考えが渦巻いてやがる、と仙右衛門は推測した。

薬部屋を出ると診療の間ではすでに治療が再開されていた。

「お芳、ふたりを門まで見送りなされ」

柴田相庵がお芳に命じ、素直にお芳が相庵に頷き返して立ち上がった。

「お芳、見送りだなんて、恐縮のいったりきたりだ」

口ではそう言った仙右衛門の顔が綻《ほころ》んでいた。

診療所の表口で、駆けつけてきた初音楼の主の松蔵《まつぞう》に会った。

「お芳さん、朝吉が死んだってね、番頭に聞かされても信じられないよ」

「今、奥で面番所の同心が検死の最中です」

「なに、面番所が出張《でば》ってきたか」

松蔵が露骨に嫌な顔をした。

「旦那、朝吉さんは麴町でやられなすったんだ。廓内の話ではなし、面番所を通すしか方法がないんですよ」

「村崎同心の阿漕《あこぎ》は会所でも承知でしょうが、また物入りだ」

「旦那、楼に上がったふたり組は初めての面ですね」

「若旦那風の男は二十六、七かね。左の顎に黒子《ほくろ》があって、細面《ほそおもて》で年増殺しってのか、のっぺりした面をしてましたよ。もうひとりは、堅気ではないと踏みましたが言葉遣いも丁寧だし、形《なり》がいいってんで、番頭が二階に上げたのがケチの付き始めだ」

ぼやいた松蔵が診療所の敷居を跨いだ。代わって三人が表口を出て、木戸門へと向かった。

「兄さん、神守様、さっきは言わずにおられたけれど、相庵先生は朝吉さんの一件、殺すつもりで殴りつけたんじゃないかと申しておられます」

「ほう、それほど強い一撃だったのか」

「たった一度だけ、迷いがなくて手慣れているの」

「付き馬が掛取りのたびに一々殺されたら間尺《ましやく》に合わないがね」

「その先、話の道筋を立てるのは兄さん方の御用です。どうせ麴町まで訊き込みに行くんでしょ」

吉原育ちらしくお芳がてきぱきした口調で仙右衛門に言った。

「最初から殺す気で殴ったとしたら、なにか曰くがなければばなるまい。お芳の言葉を聞いては吉原にとぐろを巻いてもいられませんや。無駄足は承知の上で麴町まで伸《の》しますか」

仙右衛門が幹次郎を見、幹次郎が頷き返した。

お芳と木戸門の前で別れたふたりは、今戸橋に出ると船宿牡丹屋《ぼたんや》を訪れて猪牙舟《ちょきぶね》を仕立てた。そして、牡丹屋の女衆のひとりに使いを頼み、ふたりが麴町まで出向くことを四郎兵衛に告げさせた。

船頭は老練《ろうれん》な政吉《まさきち》だった。

「番方、日和《ひより》もいいや。どっちに向けますね」

「神田川を上がって四谷《よつや》御門に着けてくんな」

「あいよ」

と政吉が応じると竹棹を櫓《ろ》に替えた。

直ぐに今戸橋を潜った猪牙舟は、山谷堀から夏の隅田川へと出た。水面がきらきらと光って眩しいほどだ。

「神守様、相庵先生の診立て、どう思われます」

「そもそもふたりの客の揚げ代はいくらでございますな」

「初音楼は小見世で一見の客も座敷に通すことで知られた楼です。ふたりが費《ひ》消《しょう》した金子は六両二分と少々ですよ、神守様」

「六両少々の揚げ代のために人ひとりを殺すのはいささか妙な話ではある」

「神守様、世間には一朱《しゅ》の貸し借りで人の命を奪うこともございますよ」

「吉原の遊びと付き馬が絡んだ話です。いきなり仲間が待ち受けて殴り殺す、そこがな、なんとのう殺伐として釈然《しゃくぜん》としないのです」

「まさかということはございますまいな」

仙右衛門が幹次郎の顔を窺った。

「番方は、御蔵前の一件が絡んでのことと申されるか」

「へえ」

さあて、なんとも申せんな、答えながらも幹次郎はしばし思案した。

「御蔵前の一件は根が深い。身罷《みまか》った田沼意次様がこの世に残した置き土産が動き出したとも予測される話だ。どのようなことがあっても不思議ではない」

すでに錯綜《さくそう》した動きが吉原会所に押し寄せていた。

掛廻りの朝吉が殺された一件が香取屋と関わりがあるかなしか、もしあるとしたら、なぜ掛廻りの命まで奪う危ない橋を香取屋一派は渡ったか。

幹次郎は番方にこの思案を告げた。

「すでにわっしらは、十二分に香取屋にひっ掻き回されておりましょう。その上、新たな騒ぎが加わると、会所の限られた力はかように分散されてしまう」

仙右衛門は猪牙舟に乗って大川から神田川を遡《さかのぼ》ろうという今現在の両人の行動のことを言った。

「番方の申されることには一理あるが」

と応じた幹次郎は、人ひとりをあっさりと殺した男の冷酷無情《れいこくむじょう》を考えていた。

ふたりは思案しながら御米蔵の並ぶ景色を漠然《ばくぜん》と眺めていた。

流れに乗った猪牙舟は速い。いつしか御米蔵も過ぎて、神田川との合流部に差しかかり、政吉船頭が舳先《へさき》を神田川へと突っ込ませた。

神田川の岸辺に蛙《かえる》が顔だけ出して往来する舟を見ていた。

政吉の漕《こ》ぐ猪牙舟が外堀の四谷御門傍の船着場に到着したのは八つ（午後二時）の刻限だった。

政吉は桜が枝を水の上に差しかける下に舟を舫った。

「親父さん、半刻ばかり待ってくれるかえ」

と吉原会所の長半纏《ながばんてん》を脱いで舟に残した仙右衛門が政吉に言い残すと、

「わっしのことは気にせずにな、得心がいくまで探索に精を出しなされよ」

と送り出した。

麹町三丁目と四丁目の辻に店を構えた菓子舗鈴木兵庫祐方では、名物の落雁煎餅を買い求める客が数人いて、店構えにも中にも老舗の風格が漂っていた。菓子は京風か、と幹次郎は名物の落雁煎餅を見た。

仙右衛門が主に面会を求めると番頭が、

「どなたはんで」

と京訛りで問い返した。

「番頭さんにございますか。わっしら、吉原から参りました」

と仙右衛門が囁くと、

「朝の間、早うから訪ねてきた人の話どすのか」

「へえ」

「うちんとこの若旦那はただ今京に修業に行ってますんや。吉原たら遊里に遊びに行けますかいな」

と迷惑そうな顔で断わった。

「番頭さん、今朝方、こちらに迷惑をかけた朝吉ですがな、つい一刻前死にました」

「なんやて。あの大きな人が死にはったと言いはりますんで」

「遊び代六両二分少々の金子を受け取りに行くのも掛廻りの仕事にございます。そのために命を取られるのは余りにも無体《むたい》な話でございます」

「いかにもさようどす。けどな、うちの関わりの者が吉原で遊びをして付き馬を連れてきたんなら、うちらもなんとか答えようもあります。およそ見当もつかん話を持ち込まれてもな」

番頭がうんざりした顔をした。

「全く関わりがない話なれば真にご迷惑でございましょう。ですが人ひとり亡くなった話です。主どのに会わせてはもらえませぬか」

「法外な話どす。うちとは関わりがあらへんのや、旦那と会うてもなんの進展もありまへん」

仙右衛門の願いを拒んだ番頭は、それでも吉原から遠出してきた仙右衛門と侍姿の幹次郎を気にしたか、

「客たらいうんはどないな年恰好《としかっこう》なんで」

「細面の若旦那風、歳は二十六、七で左のあごに黒子があるそうな」

「そのお方が鈴木兵庫祐の若旦那直太郎を名乗られたと言わはりますので」

「いかにもさようです」

仙右衛門の応対に初めて番頭の態度が考え込む風に変わった。しばし思案した末に、

「いやいや、うちのとことは関わりがありまへん。これ以上は無理どす、吉原にお帰りなはれ」

と番頭が突き放したように言ったとき、店の奥から、

「番頭はん、おふたりを奥に」

という声がした。

三

七つ（午後四時）前の刻限、船頭政吉の漕ぐ猪牙舟は四谷御門を離れ、神田川を下っていた。

市ケ谷御門《いちがや》が幹次郎の視界に映じた。その左手には尾張中納言《おわりちゆうなごん》家の広大な上《かみ》屋敷が広がっていて、その屋敷の甍《いらか》の上に降り注ぐ傾いた日差しが神田川の水にも映り、黄金色《こがねいろ》にきらめいた。

土手には悠然と釣糸を垂らす太公望《たいこうぼう》がいて、菅笠を被った首に巻いた手拭いが白く光っていた。

「神守様、やはりこたびの一件、香取屋の騒ぎと関わりがありましたな。いえ、鈴木兵庫祐の主どのの告白では、直太郎が菓子舗の元手代《てだい》、かつては直三郎《なおさぶろう》と名乗っていた鈴木家と遠縁《えんせき》の者と分かっただけです。じゃが、直太郎がお店の掛取りの金をくすねて馘首《かくしゅ》になったおよそ一年後、偶々通りで会った菓子舗の元同輩《どうはい》、見習い手代に鈴木兵庫祐方への恨《うら》みを晴らしてやると言い放った事実、さらには蔵前の札差のもとで働いていると自慢したことを合わせると、直太郎こと直三郎がまず香取屋の一派に加わったとみてようございましょう」

仙右衛門が幹次郎に言った。

「番方、菓子舗の主の話で直太郎が、元手代の直三郎ではあるまいか、と証言を得たことは大きい。おそらく朝吉殺しに直三郎が関わっていることは間違いありますまい。わざわざ鈴木兵庫祐の名を出し、朝吉を麴町のお店近くまで連れてきた事実などを考えると、お店を馘首にされたことを恨みに思うていた直三郎の仕業と思われます。ですが、直三郎が香取屋に雇われておると決めつけるのはいささか早計ではありませんか」

「いえ、わっしの勘は、なんとなく、直三郎が香取屋一派の一連の仕掛けに加わっていると教えていますんで」

仙右衛門が珍しく苛立《いらだ》った口調で言い切った。

「神守様、死せる田沼意次が傀儡の香取屋武七を御蔵前で走らせている背景には、文武両道左衛門《ぶんぶりようどうざえもん》 源 世直《みなもとのよなおし》と呼ばれて大いに改革の成果が期待された松平定信《まつだいらさだのぶ》様の、ご改革が停滞《ていたい》していることと大いに関わりがあると睨んでおります」

田沼意次の凋落のあと、陸奥《むつ》白河《しらかわ》藩主の松平定信が寛政の改革に着手したのは老中に抜擢《ばってき》された天明七年（一七八七）六月のことだ。三十歳の定信が、御三家《ごさんけ》と将軍家斉《いえなり》の実父の一橋治済《ひとつばしはるさだ》らの推薦《すいせん》を受けてのことだった。

それより以前、十七歳の定信は、なぜか白河藩主松平定邦《さだくに》の養子に出された。

この養子縁組は定信の叡智《えいち》と才覚を恐れた田沼意次の策と世間で噂された。

老中に就いた定信は、幕閣の人事刷新《さっしん》に手をつけ、自ら幕府の経済を司《つかさど》る勝《かっ》手《て》掛《がかり》を兼務すると、田沼派の老中らを更迭《こうてつ》した。さらに幼少の家斉の補佐役として、次々に改革策を立案し、幕府財政の立て直しに着手した。

だが、幕府開闢《かいびゃく》以来、百八十余年の世直しは手強かった。この数年、定信の改革は、

「贅沢《ぜいたく》は敵」

という考えのもとに奢侈《しやし》禁止や倹約《けんやく》、人返しなど小手先のものに変わろうとしていた。

吉原会所もまた定信の寛政の改革に期待した一員だ。だが、数年を経て小手先《こてさき》の改革にいささかの疑問を感じ始めていた。

そんな背景があっての田沼派の残党香取屋武七による蔵前、つまりは札差百九株組合の乗っ取りではないかと、仙右衛門は言うのだ。

幹次郎は、仙右衛門の主張を理解できた。だが、今ひとつ香取屋武七がなにを考えているのか、一派の策動《さくどう》の行方が理解できなかった。

「番方、直三郎の身柄を押さえることが先決かと存ずる。さすれば、直三郎が香取屋の手先として動いておるかどうかは、判明致そう」

元手代の直三郎と柳橋で偶然にも会ったのは、鈴木兵庫祐方の手代見習いの亥《い》助《すけ》だった。亥助は、浅草下平衛門町《しもへいえもんちよう》の料理茶屋喜楽《きらく》に名物の落雁煎餅を届けた折り、直三郎に橋の袂《たもと》で会ったという。三月も前のことだ。

その時、直三郎は、

「亥助さんよ、まだけちくせえ菓子舗なんぞで働いているのか。おれなんぞお店を馘首になったお陰で御蔵前に知り合いができた。さすがに天下の札差だね、菓子屋と違ってこちらには黄金色の小判がざくざくしているぜ」

と自慢したそうな。

「そんなに景気がいいのかい」

と亥助が問い返すと、

「亥助、商いは小判の高《たか》だ。落雁煎餅なんぞ作っても一枚何文の利じゃねえか。おれは、太く長く生きる道を選んだ。だがな、その前に鈴木兵庫祐には吠え面かかせてみせるぜ」

とうそぶく直三郎に、

「直さん、どこに住んでいるんだ。おれもそのおこぼれが欲しい。そのときは訪ねていくよ」

亥助がなにかあった場合のことを考えて機転《きてん》を利かせた。すると直三郎が、

「おれの住まいかい、そう容易には教えられないよ。だがな、おれに用事があるときは、御厩河岸ノ渡し場の傍に魚を食わせる、魚鉢《うおはち》って料理茶屋がある。そこを訪ねて、おれの名を出しな。連絡《つなぎ》がつくようにしておく」

と言ったそうな。

「御厩河岸は御米蔵の北側。直の野郎、いわば吉原の縄張り内に巣くっていましたか」

朝吉を見舞った悲劇を思い出した仙右衛門が腹立たしげに言った。亥助が鈴木兵庫祐の主にこのときのことをすべて訴えていたからこそ、直太郎なる者が直三郎ではないかと主は考えたのだ。

七つ半（午後五時）の頃合い、政吉の猪牙舟が御厩河岸ノ渡し場に到着した。

仙右衛門と幹次郎は、煮売り酒場より上等で料理茶屋というにはいささか大《おお》仰《ぎょう》な、

「魚処魚鉢」

の暖簾を潜った。すでに入れ込みから土間と雑多な客が思い思いの席に陣取り、名物の魚料理と酒を楽しんでいた。

仙右衛門が店の中にだれかを探す体で見回した。

ねじり鉢巻きの男衆女衆が一斉に、いらっしゃい、と景気のいい声を張り上げた。

幹次郎はその瞬間何者かの視線を感じたが、大勢の客が呑み食いする店のだれのものかなど確かめられなかった。なんとなく仙右衛門と幹次郎は、衆人環視の

中にいるようだった。

「おや、会所の番方、この界隈に姿を見せるとは珍しいね」

込み合った店の一角から魚鉢の亭主の鉢五郎《はちごろう》が声をかけてきた。

幹次郎は、仙右衛門が魚鉢の親方は知り合いだと言わなかったのでいささか驚いた。だが、考えてみればここは吉原とはそう遠くもない。

「鉢五郎さん、おめえさんの知恵を借りたいんだがな」

「なんだ、御用か」

と応じた鉢五郎が、

「話なら帳場でどうだい」

とふたりを調理場の奥の四畳半に案内し、

「どんなわけだい、裏同心の旦那まで連れてうちに乗り込んできたってのはよ」

と幹次郎を見た。

「直三郎って、昔麹町の菓子舗に奉公していた男を探しているんだがね」

「直がなにかやらかしたか。いささかちゃらい男だぜ」

鉢五郎が直三郎をそう評した。

「奴の背後にはこの界隈の大店が控えているという話だが、鉢五郎さんは承知か」

「香取屋の話か」

とさすがに地元、鉢五郎は直ぐに名指しした。

「やはり香取屋に雇われていたか」

「雇われているといっても香取屋は札差だ。得体の知れない連中をそうそうお店に出入りさせもできないや。そういった連中は、川向こうの石原橋《いしわらばし》際の荒川《あらかわ》の保《や》蔵《ぞう》親分のところで預かってるんだ。なんぞ後ろ暗い御用を務めるときは、石原町から押し出してくる」

「さすがに親方、ようご存じだ」

「番方、ご存じもなにも急ぎの用があったとき、川向こうから出向くのは面倒だってんで、うちに荒川の親分の手下が一日じゅうとぐろを巻いて、尻《けつ》の穴から煙が出るほど煙草を吸いながらくっ喋《ちゃべ》っていくからね、嫌でもちらりちらりとこちらの耳に入らあ。もっとも相手は三下奴《さんしたやっこ》だ、大したことは知らされてない連中ばかりだよ」

「そのひとりが直三郎かえ」

「直は腕っぷしが利くわけじゃねえ。ちょっと見、若旦那風のなよっとした野郎だ。当人はなんとか羽振りのいい香取屋に潜り込んで余禄《よろく》に与ろうとあれこれとやっていたがね。五、六日前、ようやく仕事を受けた、おれにもつきが回ってきたって威張って、おれに小判なんぞを見せびらかしたがね」

仙右衛門が幹次郎をちらりと見て、鉢五郎親方に視線を戻し、

「仕事ってのはなにか知らないか」

「番方、おりゃ、御用聞きの手下じゃねえ。詮索はしなかったよ」

「そいつが長生きのコツだ。ときに親方、直三郎の塒《ねぐら》を知らないかえ」

「南本所外手町《みなみほんじよそとでちよう》の裏長屋に仲間の黒兵衛《くろべえ》と住んでいるって話だ。長屋の裏手から外手町に一軒しかない寺の墓に出られると言っていたからよ、行けば分かるだろうよ」

鉢五郎が即座に教えた。

「助かったぜ」

「直三郎はなにをやらかしたんだ、番方」

「こいつは親方の肚に留めていてくれるか」

「客商売は相手を見るのも芸のうちだ。おれは会所とそれなりに付き合ってきたつもりだがね」

「疑ったわけじゃねえ、親方。香取屋が絡む話だ、剣呑だからね」

違いねえと答える鉢五郎に直三郎の所業をざっと告げた。

「あやつ、人殺しの片棒まで担ぎやがったか。銭が欲しくて欲しくてたまらない顔つきだったからね、いつかは悪の真似ごとに手を染めるとは思っていたが、馬鹿な野郎だぜ」

と慨嘆した鉢五郎がなにかに気づいた風に立ち上がり、帳場座敷の板壁の一部をずらして店を見ていたが、

「迂闊だったかな」

とふたりを振り返った。

「どうした、親方」

「おまえさんが店に入ってきたとき、おれ、会所の番方と呼びかけなかったか」

「呼びかけなすったな」

「入れ込みに荒川の親分の手下が三人ばかりいたんだ。そいつらの姿が消えてやがる。まさかとは思うがね」

「鉢五郎の親方、なにかあってもいけねえ、ともかく気をつけてくんな」

「番方、石原町の一家の連中には見ざる言わざる聞かざるを押し通すよ」

「それがいい。わっしら、裏から姿を消すよ」

仙右衛門が言うと帳場座敷から幹次郎を台所へ、そして裏口へと導いた。

どう魚鉢の裏口から御厩河岸ノ渡し場に出たか、暗がりの路地をうねうねと抜けて、いつしか政吉船頭が待つ猪牙舟にふたりは辿り着いていた。

「父つぁん、腹も減っていようが向こう岸の石原橋際に急ぎ舟を着けてくんねえか」

あいよ、と会所の仕事を心得た政吉船頭が直ぐに舫い綱を解くと竹棹を手にした。

大川の真ん中辺に舟が差しかかったとき、六つ（午後六時）の時鐘が水面に伝わってきた。夏の宵だ、まだ西の空に残照があった。

猪牙舟は本所側からの最後の渡し船とすれ違った。

「番方は魚鉢の親方と知り合いでしたか」

「今でこそ朝から晩まで店の中で威勢《いせい》のいい声を飛ばしてますがね、十年以上も前のことか、鉢五郎親方が吉原の中見世の女郎に惚れましてね、落籍《ひか》して女房にしたいんだが、先代が許さない。そんな折り、うちの七代目が仲に入り、話をつけたことがありましてね、鉢五郎親方の女房がそのときの女郎のしゃ熊《ぐま》ですよ」

「しゃ熊とは源氏名ですか、珍しいですね」

「しゃ熊ってのは赤く染めたヤクの毛のことだそうで。おいとさんは赤髪でね、そのせいで売れっ子にはなれなかったが、深川生まれで気風《きっぷ》がいい、しゃ熊のおいとさんじゃなきゃあという客がいましたよ。鉢五郎親方もそのひとりだった。今じゃあ、おいとさんは三人の子を産んで、なかなかの女房ぶりですよ」

仙右衛門が鉢五郎と会所の関わりを語り終えたとき、猪牙舟が渡し場より下手の、掘り割られた堀留の河口に架かる石原橋下に横着けされて、ふたりは舟から石段へと跳んだ。

「番方、灯りを持っていきねえ」

と政吉が弓張り提灯に火を点して仙右衛門に渡した。

「こいつは助かる」

ふたりは灯りを頼りに南本所石原町《いしわらちょう》の河岸道《かしみち》に上がった。

この界隈を縄張りにするのが荒川の保蔵一家だ。

屋台を担いで通りかかった二八蕎麦《にはちそば》屋の親父に、

「この界隈に寺はございませんか」

と仙右衛門が尋ねた。

「碩運寺《せきうんじ》だね」

蕎麦屋の親父が町屋の後ろを指して教えてくれた。それによれば、南本所石原町界隈には、碩運寺という小さな寺が、西に三河挙母藩《みかわころも》の下屋敷、北に交代寄合《こうたいよりあい》最上監物《もがみけんもつ》の抱《かかえ》屋敷、東に外手町の町屋、南を石原町の町屋に囲まれてあるだけだという。

蕎麦屋は碩運寺の墓場に裏手が通じているのは、外手町の裏長屋の、通称猫長屋だということまで教えてくれた。

「父つぁん、商いの口あけに邪魔したな」

仙右衛門が蕎麦代二杯分の銭を渡した。

「旦那、すまないね」

教えられた猫長屋に近づくとどこからともなく猫の臭いがしてきて、傾いた木戸口を入ると、足元でみゃうと猫が鳴いた。そして、職人風の男が井戸端から手桶を下げて姿を見せた。

「もうし、親方、こちらに直三郎さんがお住まいと聞いてきたんですがね」

仙右衛門が声をかけると、

「直公かえ、取り込み中だぜ」

相手が番方の風体を見た。そして、後ろに従う幹次郎に視線を移すと、

「おめえさん方、荒川の身内ではなさそうな」

と問い質した。

「わっしらは吉原会所の者でしてね」

「吉原会所がなんの用事だ。直公は幇間《ほうかん》にもなり切れねえ芸なしだぜ」

「幇間どころか男衆の下働きにも御免蒙《こうむ》りたい野郎でしてね、里《なか》でただ食いただ呑みして付き馬を撒いた男ですよ」

「えっ、野郎にそんな才覚があったか」

と職人は驚き、

「あいつから金を取り立てようったって無理かもしれないな」

「どうしました」

「つい最前、保蔵一家の用心棒が直公と仲間の黒兵衛《くろべえ》を寺の境内に引き立てていったぜ。ドジ踏んで簀巻《すま》きにされて大川に投げ込まれるんじゃないか。あいつら、ぶるぶる震えていたもの」

と言う職人に長屋から、

「おまえさん、余計な口を利くんじゃないよ。保蔵の身内になにされるか分から

ないよ」

女の声が行灯の灯りが細々と点る長屋からした。

「ちえっ、すべた女が聞き耳ばかり立てやがって」

職人が吐き捨てると長屋に入ろうとした。

「親方、この長屋から寺の墓場に抜けられると聞いてきたんだがね」

「奥へ抜けねえ、厠《かわや》の後ろが墓に接していらあ」

「恩に着るぜ」

「吉原の、遊び代は諦めな」

と職人が言った。仙右衛門が、

「遊び代は諦めても、他に諦められない貸しがございましてね」

「直公の野郎、吉原にえらい迷惑をかけたようだな。それで保蔵の親分の身内がいきり立っているのか」

という呟きを背で聞いたふたりは、ぎしぎしと音を響かせると、どぶ板を踏んで猫と厠の臭いが漂う裏手に回った。するといきなり碩運寺の墓場に出た。

仙右衛門が弓張り提灯を墓場に突き出した。

墓石が数十基並んでいた。

墓地の真ん中に葉桜になった老木があって、枝からぶら下げられた物がふたつ、ぶらぶらと揺れていた。

「畜生《ちくしょう》、先んじられたか」

と仙右衛門が吐き捨てた。

幹次郎はそのとき、殺気に囲まれていることに気づかされた。

四

小さな寺の小さな墓地の真ん中に大きな桜の木があった。頭上の枝葉は空も見えないほどに鬱蒼《うっそう》と繁《しげ》っていた。

そんな枝の一本に男ふたりがぶら下がっていた。首に縄が巻かれ、足元には空樽がふたつ転がって、一見首吊りのように偽装されていた。

「こっちが直三郎でしょうな」

口から舌をだらりと垂らした男に仙右衛門が弓張り提灯を突き出した。

もうひとりの男は、体つきが頑丈で腕も太かった。力仕事を稼業にしてきた黒兵衛だろう。

仙右衛門が直三郎の足を触ったがまだ温かかった。ちょっと前に縊《くび》り殺されて吊るされた気配だった。

「直三郎らは使い捨てられましたな」

幹次郎の言葉に首肯した仙右衛門が、

「会所が直三郎を捜していると気づいた荒川の保蔵一家の手下が、香取屋一派に恩を売ろうと先んじたようです。魚鉢を表から訪ねたのはいささか迂闊でしたな」

「これで付き馬の一件も香取屋一派と判明したわけだ」

「さあて、どこに直三郎の遊び代のツケを回しますかな」

「番方、それはふたりを桜の枝に吊るした保蔵一家しかございますまいな」

「ツケは六両二分だが、朝吉を殺したお代はいささか高くつきます」

「そういうことです」

と幹次郎が応じたとき、暗闇が揺れて浪人剣客《けんかく》風の五人が姿を見せた。

「おや、手間が省けた」

弓張り提灯を提げた仙右衛門が呟いてもう一方の手を懐に突っ込んだ。

「余計なことをなすと火傷《やけど》を負う羽目になる」

用心棒のひとりが脅しをかけた。

「おまえさん方の所業だね。直三郎と黒兵衛を始末したのは」

「知らぬな」

「長屋にいたふたりを連れ出した者がいたそうな。荒川の保蔵一家の用心棒の仕業という者がいるんだがね」

「われらの与り知らぬことよ」

「わっしらの到着がいささか早かったようだ。まだ細工の途中でしたかえ」

「吉原の輩が何用あって本所に顔を見せる」

「わっしらがどうして吉原の者と分かるんで」

「女郎の化粧の匂いがしてやがる」

「おや、粋なことを申されますな」

と笑って答えた仙右衛門が、

「無粋な二本差しばかりじゃつまらないや。暗闇に姿を潜めておられるお方にお目にかかりたいもので」

仙右衛門の言葉に応じ、用心棒侍の背後の闇が揺れて、忍び出たひとつの影があった。

「おや、香取屋の大番頭さんのお出ましか」

「番方の仙右衛門、吉原は廓内で稼ぎをなされとご忠告申し上げたはずじゃがな」

「次蔵さん、神守汀女先生を脅したことが仇《あだ》になったね。うちはたしかにお上が許した二万七百六十余坪が稼ぎの場ですよ。だがね、廓内に関わることとなれば、かようにして外に出張ることもございますのさ」

「今宵はなんの用ですな」

「桜の枝にぶら下げられた直三郎にはいささか貸しがございましてな、その者を塒の長屋まで追いつめたところで先を越されました。死人では借金を払うこともできますまい。ツケの払いをどなた様かに請求しようと考えているんですがね、大番頭さん」

「相手が払いますかね」

「払わせますさ」

仙右衛門の言葉に用心棒侍がばらばらと刀を抜いた。

「おまえ様方、吉原裏同心を甘くみてはなりませんぞ」

と次蔵が五人の浪人剣客に用心を促した。

「大番頭どの、われら、数多《あまた》の修羅場を潜り抜けた者じゃ。ふたりばかりの相手に五人がかりとはいささか大仰に思うておるところだ。ご安心あれ」

五人のうちのひとりの長身の剣客が次蔵に言い返した。

「その考えがいけませぬ」

と次蔵の声が尖《とが》り、

「われらが値はこのあとに付けてもらおう」

最前の剣客が応じて、幹次郎の正面に立つと間合をじりじりと詰めてきた。

仙右衛門の持つ弓張り提灯の灯りに頬が殺げ落ちた風貌が浮かんだ。

奇妙な構えだ。

柄を両手に保持し、刃を上にして正面に向け、切っ先を幹次郎の足元に置いていた。ために腕が捩《ね》じり上がっていた。

幹次郎の無銘の長剣は鞘の中だ。

仲間の四人が後見に回り、左右の背後に散っていた。もし一番手が打ち損《そん》じたら四人のだれでもが素早く代わる態勢だった。

じりじりと間合を詰めてきた相手の切っ先が幹次郎の足元三尺（約九十一センチ）を切るところに近づいた。数拍の時が流れて、切っ先がゆっくりと上がり始めた。なんともゆったりとした動きだ。

足元から脛伝いに膝に上がり、さらに太腿辺りを這い上がっていく。

おおっ！

と相手が気合いを発し、上体が揺れ動いて踏み込む様子を見せた。

だが、殺気は老桜の繁った葉叢《はむら》から生じて、幹次郎を襲った。後見のひとりがいつの間にか桜の木に登っていて、動いたのだ。

一瞬、幹次郎の腰が沈みながら後ろに跳んだ。

幹次郎の脳天目がけて切っ先が落ちてきた。

刀を垂直《すいちょく》に保持した影が頭を下に落下してくる。

一歩跳《は》ね飛んだ幹次郎の手が伸びて首吊りにさせられた直三郎の体を揺らした。

虚空からの攻撃者の手にした切っ先が直三郎の首筋の縄を切断して、
どさり
と幹次郎の傍らに落とした。その横にひょいと影が立ち、連続して次なる攻撃を幹次郎に仕掛けようと動いた。

仙右衛門の懐手が抜かれて、匕首がその影の胸に向かって投げられ突き立った。

「うっ」

と呻いた影が二、三歩よろめくと、手にした剣を力なく振り回し、腰から崩れ落ちた。

「神守様、お節介をしました」

「なんの、助かった」

敵の奇襲を避けたふたりが言い合った。

「くそっ」

長身の剣客が吐き捨てた。

長身の剣客の逆手保持の剣は頭上からの援護攻撃にも動きを止めていなかった。

居合との勝負は鞘の中、と承知の相手は、後見のひとりに襲わせて幹次郎に抜かせようとしたが失敗した。だが、構わず切っ先は上がり続け、腕が上がり、そして切っ先が幹次郎の股間を指した。

「ええいっ！」

と叫んだ相手がふたたび上体を揺らして、今度は一気に間合を詰めてきた。

幹次郎も踏み込んでいた。同時に左手で鞘元を握っていた。

わずか三尺余の間合勝負だ。

相手の切っ先が股間に鋭《するど》く伸びた。

幹次郎は切っ先の動きを見つめつつ、右手で柄を握り、鞘元を摑んだ左手の親指の先で鍔《つば》を、

ちゃりん

と弾き上げていた。

二尺七寸の業物《わざもの》が一条の光になって弧《こ》を描き、相手の浮き上がってくる刃を弾くと脇腹から胴を斬り回していた。

「げえっ！」

と絶叫した相手が硬直したように身を竦ませた。

ほとんど相手の体に触れんばかりに踏み込んでいた幹次郎の右肩が相手の立ち竦んだ体を押した。すると、ずるずると崩れ落ちて地面に沈んだ。

「やりおったな」

仲間ふたりを一瞬の裡に失った残りの三人が幹次郎に迫った。

幹次郎の体が大きく沈み、屈伸《くっしん》する両足の力を得て虚空に飛んだ。

「おっ！」

幹次郎の体は桜の木の上の葉叢に隠れて消えた。

「油断致すな、幻術を使いおるぞ。桜の下から離れよ」

空を切った刃を手元に引きつけた三人のうちのひとりが仲間に促し、三人は幹次郎が消えた桜の木から離れて構え直した。

頭上の枝が揺れる気配が伝わってきた。

幹次郎が身を委《ゆだ》ねた大枝を蹴った気配だ。

仙右衛門は弓張り提灯を夜空に突き出した。

ちぇーすと！

奇怪な叫び声が碩運寺の墓地に響いて、木霊《こだま》するように夜空に散った。すると提灯の灯りに豪剣を肩の上に担ぎ上げた幹次郎が散開した三人のうちのひとりに雪崩《なだ》れ落ちてきた。

「おおっ」

と動揺した声の主は手にした刀を振り上げた。だが、その刀を頭上からの無銘の刃が襲い、両断すると、さらに刃は脳天に叩き込まれた。

ふわり
と地上に戻って腰を沈め、虚空からの落下の勢いを減じた幹次郎に左右からふたりが襲いきた。

幹次郎の剣が片手殴りに右手からの攻撃者の足を払い、ごろりと反対側へと転がった剣が踏み込んできた最後の剣客の腰骨を割っていた。

一瞬の早業だった。

ふたりはなにが起こったか理解できないまま、立ち竦んでいた。

幹次郎はさらにごろりと身を回転させると立ち上がった。

ゆらりゆらりとふたりの体が前後に揺れて、地面に崩れ落ちていった。

五人の攻撃者が幹次郎と仙右衛門両人の反撃に斃《たお》されていた。

「あ、わわわあ」

と恐怖の声を漏らしたのは香取屋の大番頭の次蔵だ。後退《あとじさ》りして逃げ出そうという次蔵に仙右衛門が、

「大番頭さん、おめえには話がある」

と牽制した。

「な、なんですね」

「なんですね、はなかろうじゃないか。こたびの会所へのちょっかいはなんだえ」

「わたしゃ、なにも知りませんよ」

「なにも知らないはなかろうぜ。おまえさんが言《げん》を左右にし言い抜けするのなら、

おれが絵解きするしかねえかえ」

「絵解きとはなんですね」

「香取屋武七とは何者だえ」

「旦那ですよ、御蔵前百九株の札差のひとりですよ」

「香取屋武七の出自だよ」

「出自もなにも商人は商人ですよ」

「十余年も前か、伊勢半の札差株を千数百両で買い取り、札差百九株のひとりに収まった。商人たあ、この十余年の話じゃないかえ。尋ねているのはそれ以前の香取屋武七のことだよ」

仙右衛門が言いながら、地べたに片膝をついた。ひとりの骸の胸に刺さった匕首を抜いて、
ひゅっ
と血振りすると、器用にも懐の鞘に納めた。

「だから、その前も商人ですよ」

「いやさ、香取屋武七は武家の出という噂があるんだがね」

「そ、そのようなわけがない」

「あくまで白《しら》を切り通すか」

「札差商いに、武家の商法が通じるわけもございませんよ」

「そうかね、だれかさんの後ろ盾があってのこと、札差株を買い取った当初の数年は猫を被っていたようだが、近ごろでは百九株の筆頭行司を狙っているそうだな」

「だれがそのようなことを」

「香取屋がなりふり構わず株仲間を金に飽《あ》かして買収し、味方につけていることは御蔵前でも知られた話だ」

「なんのためにそのようなことを」

「そこだ、大番頭さん。こたびの一連の騒ぎ、御蔵前の筆頭行司伊勢亀半右衛門の大旦那が薄墨太夫を川遊びに誘いなすったところから始まった」

「なんの話です」

「香取屋は伊勢亀の大旦那が務める札差の頭分筆頭行司の座を狙っているそうだな」

「商人なればだれもが頭になりたいと胸の中で思うておりますよ」

「いかにもさよう。だれもがお店を大きくしたい、商いを増やしたい。同業組合でまとめ役になり、ゆくゆくは行司を務め、さらには筆頭をと考えるのが商人の野心、出世欲だ」

「その通りです、それを吉原の会所風情からあれこれ言われる筋はない」

「札差百九株を二分して対立する伊勢亀派と香取屋派の主導権争いにうちは巻き込まれた」

「吉原は官許の色里、分がございましょう」

「大番頭さん、いかにも分がございますのさ。だがね、大番頭さん、吉原の奉公人の掛廻りの朝吉が桜の枝にぶら下がった直三郎とこの男、黒兵衛に殺されたと睨んでいるんだ。うちが仕掛けたことじゃない、おめえらが吉原会所に仕掛けた戦いだ。となりゃ、うちは総力を挙げて抗《あらが》いますぜ」

「うちは与り知らぬことだ。なんのために吉原会所を巻き込むというか」

「よう言うよ、次蔵さんよ。汀女先生に吉原は吉原の分を守れと脅しをかけたのはその口だぜ」

仙右衛門の畳みかける言葉に次蔵が返答に窮した。

「おまえさんも元を辿れば二本差しではねえかえ」

「どういう意味ですか」

「神田橋内のお屋敷で用人なんぞを務めていたんじゃないかえ」

神田橋とは田沼意次が権勢を揮った時代に構えた屋敷のあるところで、神田橋は田沼の呼び名でもあった。

ふっふふふ
と次蔵が笑った。

「番方、私は香取屋の旦那が株を買われた伊勢半の番頭だった男ですよ。店開きと一緒に香取屋に鞍替えした生粋《きっすい》の商人でして、なんぞ大きな勘違いをしてなさる」

「そう聞いておこうか。ともあれ香取屋武七は田沼意次様がこの世に残した最後の布石だ」

「口から出任せのよた話、世間に通用しませんよ、番方」

ふっふっふ
と今度は仙右衛門が笑った。

「田沼様に代わった松平定信様のご改革は最初こそ勢いがよかったが、数年経ってみりゃ、小手先ばかりの無為無策《むいむさく》よ。そんな最中、幕府の首根っこをぎゅっと押さえ込んだ札差の筆頭行司に執着《しゅうちゃく》する香取屋武七たあ、何者かえ、と最前から問うているんだよ。おめえさんが言を左右にし認めねえならば、おめえの身、直三郎を吊るした縄で縛って鉄漿溝に囲まれた吉原に連れ込み、体に訊いてもいいんだぜ。吉原には極楽ばかりか地獄もあるということをとくとその身に教えようかね」

仙右衛門がここぞと責めた。

「知らぬ知らぬ」

「神守様、致し方ございませぬ。こやつを川向こうに連れていきましょうかな」

仙右衛門が幹次郎を見た。

ひゅっ
と夜気を切り裂いてなにかが飛んだ。

「うっ」

と次蔵の太った体が前のめりによろめき、羽織の胸から槍の穂先が現われた。

「しまった！」

と咄嗟《とっさ》に仙右衛門が槍を投げた人物に詰め寄ろうとした。

「番方、身を伏せよ！」

と幹次郎が叫ぶと自らも地面に伏せた。仙右衛門も手にした提灯を投げ捨てるとその場に転がった。

ふたりの頭上を暗闇から投げ打たれた抜身の槍が何本も何本も掠《かす》め過ぎ、そのうちの一本が桜の枝にぶら下げられた黒兵衛の体を貫いた。

すうっ
と碩運寺の墓地から殺気が消えていった。

仙右衛門の投げ捨てた弓張り提灯が燃えていた。

ふうっ
と番方が大きな息を吐いた。

「調子に乗り過ぎましたかね、明日に川遊びが迫ったものだから、次蔵の正体を、いやさ、香取屋武七の正体をと責め立てたのが裏目に出てしまった」

「致し方ございますまい。今宵は引き上げて明日に備えましょうぞ」

と答えながら身代わりの左吉を待たせてしまったな、と幹次郎は考えていた。

消えかかった提灯の炎が香取屋の大番頭次蔵の恐怖に歪んだ顔を浮かび上がらせ、次の瞬間、暗闇に没させた。

第四章　川遊び

一

四つ過ぎに幹次郎と仙右衛門は吉原会所に戻ってきた。

大門の閉まる引け四つまで半刻以上の間があった。大門前はお店を終えた番頭らしい客が駕籠から降りて慌ただしく馴染のもとに駆けつける様子が見られたし、素見《ひやかし》の客もまだ仲之町をうろついていた。

肌に心地よい涼風のせいだ。

「ご苦労にございました」

会所前で小頭の長吉らがふたりを迎え、

「長吉どの、左吉どのが参られておらぬか」

と幹次郎が懸念《けねん》を口にした。

「神守様、一刻半（三時間）も前から待ってらっしゃいますよ」

「相すまぬことをした。してどちらにおられようか」

「隣で七代目と呑んでおられます。ふたりが戻って参られたらあちらに来てください との七代目の言づけです」

「ならば、わっしらも参りましょうか」

ふたりは会所の裏庭に回り、手足と顔を洗って幾分さっぱりとした気分になった。幹次郎は命をやり取りした戦《いくさ》のあとに感ずる、ざらざらとした心持ちを宥《なだ》めるように顔を丹念《たんねん》に洗った。その上で庭伝いに引手茶屋山口巴屋の台所に抜けた。すると女衆が後片づけをしていた。折りよく奥から姿を見せた玉藻が、

「神守様、身代わりの左吉様が首を長くして二階座敷でお待ちですよ」

と話しかけた。

「長いことお待たせ申したようですね」

「いえ、待つことよりお父つぁんと一緒に酒食を共にすることに困っておられます」

玉藻の顔に苦笑いがあった。

「左吉どのは馴染の一膳めし屋で独り酒を楽しまれるのがお好きゆえ、四郎兵衛様と一緒ではいささか肩が凝《こ》りましょうな」

「左吉さんは如才《じょさい》のないお方、父に話は合わせておられますが酒の味はしますまい。早く行ってあげてくださいな」

玉藻にせっつかれてふたりは台所から山口巴屋の大階段を上がり、人の気配がする座敷に通った。すると仲之町の菖蒲を見下ろす座敷で四郎兵衛と左吉が向き合って座っていた。

「七代目、遅くなりましたがただ今戻りました」

「左吉どの、お待たせして申しわけござらぬ」

とふたりそれぞれに詫びの言葉を口にした。

「ご苦労でした」

四郎兵衛は、ふたりの顔色を読むように見た。左吉も幹次郎を見て、

「わっしの稼業は、待つのも仕事のうちにございます。その上、七代目の相伴で仲之町の菖蒲を見下ろしながら酒を呑むなんぞは一生のうちにあるかなしかの贅沢にございますよ、貴重な時を過ごして楽しんでおります」

笑みの顔で答えたが、どことなくほっと安堵した様子もあった。

「番方、なんぞあったようですな」

「へえ、初音楼の掛廻りの朝吉を撲殺《ぼくさつ》した菓子舗鈴木兵庫祐の倅、直太郎なる者ですがね、その正体は、一年以上も前、金子の遣い込みでお店を追い出された手代の直三郎でございました。馘首されたことを逆恨みして奉公人仲間にいつの日か鈴木兵庫祐には仕返しをするとほざいていたそうです」

「やはりな、律儀《りちぎ》なお店の放蕩《ほうとう》息子ではございませんでしたか。で、そやつの行方は突き止めたようですね」

「しばしば顔を見せる酒場が御厩河岸の魚鉢でしてね、鉢五郎親方が直三郎の塒を承知していました」

「そいつはお手柄でした」

「七代目、そこまではようございました。そのあとがいけねえ」

「どうなさった」

「魚鉢が香取屋の下働きをする荒川の保蔵一家の手下どもが屯《たむろ》するところと知らなかったのがしくじりの因《もと》でしてね、わっしらが訪ねたときにも子分が何人かいたらしく、わっしらが親方から事情を聞いて本所の碩運寺に接した裏長屋に辿り着いたときには、直三郎と仲間の黒兵衛のふたり、荒川の保蔵一家の手で長屋から連れ出されておりましたので」

「どこぞにふたりを隠しましたか」

「それがあっさりと始末されておりました」

仙右衛門が桜の大木に骸ふたつがぶら下げられていたこと、香取屋の大番頭次蔵が非情にもその場で始末された経緯などを告げた。

「なんと」

とさすがの四郎兵衛も絶句した。

「神守様とふたり、朝から走り回ってこの始末だ、徒労《とろう》にございました。ただ香取屋武七の非情冷酷が垣間見えた、そいつを肌で感じたのが手柄といえば手柄、それだけに明日の川遊びが案じられます」

しばし沈思した四郎兵衛が、

「神守様、番方、ご苦労でした」

と改めて労った。

幹次郎の視線が左吉にいき、頷いた左吉が話し出した。

「香取屋武七ですが、神守様方が推量された通り田沼意次様がこの世に残された最後の布石にございましょう。なんぞ事があれば千代田《ちよだ》の御城から御蔵前に鞍替えして、金の力で天下を牛耳ろうと考えたふしがございますのさ」

「田沼様自ら武と政を、政と商に乗り換えて天下を支配することまで考えておられたのでございましょうか」

と幹次郎が訊き返した。

「そこまではわっしの探りでは確かめられておりません。天下の老中が商人になるのは容易なことではございますまい。替え玉を表に立てて、田沼様は陰から操る算段にございましたでしょうか」

「驚き入った話ですよ」

と四郎兵衛が吐き捨てた。

「田沼意次様が考えられたより自らの凋落は早かった」

「番方、その結果、香取屋武七なる替え玉が御蔵前に残ったってわけだ」

と四郎兵衛が断定するように告げた。

「やはり香取屋は田沼様の替え玉、あるいは布石と考えてよいのでしょうか」

幹次郎の念押しに左吉が小さく頷いた。

女衆が膳をふたつ運んできて幹次郎と仙右衛門の前に置くと会釈を残して座敷を去った。そこへ燗をつけた徳利を盆に載せた玉藻が姿を見せて、

「汀女先生に申し訳が立ちませぬ。一杯だけ神守様にお酌をさせてくださいな」

徳利を差し出した。

「玉藻様、それがしは務めでしていることにござる」

「とは申しましても田沼様の亡霊と戦をする務めまで神守様が負う謂れはございますまい。ねえ、お父つぁん」

娘が父に釘を刺すように言った。苦笑いした四郎兵衛が、

「今や神守様を抜きで会所の仕事は成り立たぬ、もうしばらく汀女先生には辛抱してもらおう」

と自らを得心させるように呟いた。

「ささっ、一杯」

「頂戴します」

幹次郎は玉藻の酌を受けた。さらに玉藻の徳利は仙右衛門にも差し出されて、

「お芳さんの代わりは務まりませんが番方にもひとつ」

「玉藻様、冗談はよしにしてくださいな」

と苦笑いした仙右衛門も受けて、ふたりは温《ぬる》めの燗酒を胃の腑《ふ》に落とした。

「かようなときに美味いというのは差し障りもございましょう。ですが、喉に沁《し》

みます」

「玉藻にまた叱られそうだが、ようお働きになったせいです」

四郎兵衛が答え、玉藻が、

「男四人で精々香取屋始末でも話し合《お》うてください」

と言い残して座敷から姿を消した。

左吉が座り直すと改めて話し出した。

「神守様、田沼意次様の二番目の奥方、継室《けいしつ》は、大番組《おおばんぐみ》の番士《ばんし》五百九十石の黒澤《くろさわ》定紀《さだのり》の娘にございます。この定紀の子、娘の上に氏名不詳の嫡男がおりましてな、不良旗本として黒澤家からも籍が抜かれております。この氏名不詳の嫡男は調べたところ黒澤金之丞《きんのじょう》というらしく、この者がただ今の香取屋武七ではないかと思われます」

「つまり、田沼様の後妻の兄にございますか」

「不良旗本ということで黒澤家から籍を抜かれた金之丞にございますが、柳生《やぎゅう》新陰流《しんかげりゅう》の剣術の腕っぷしと下情《かじょう》に通じた経験を田沼様に買われて武家の籍を抜かれ、札差株を買い、万が一に備えていたと思えるのです」

「黒澤金之丞の金主《きんしゅ》は田沼意次様と申されるので」

「どうやらそのようで」

と左吉が答え、

「この事実を承知の者は幕府内にもおらぬようで、田沼様が失脚したのち、親田沼派が冷や飯組に追いやられる中、香取屋武七こと黒澤金之丞は着々と御蔵前で力をつけて、伊勢亀半右衛門の大旦那の対抗馬にまで昇りつめたようなのでございますよ」

「それはそれは」

「伝馬町の仲間のひとりが黒澤金之丞の若い時代を承知でしてね、偶然御蔵前で香取屋の主を見て、びっくりしたそうです。ですが、金之丞の冷酷非情を承知の仲間は、その場でも声をかけることなく素知らぬ体で香取屋に近づかなかったと言うておりました。金の臭いがするってんで迂闊に近づいていたら命を落としかねなかったでしょうな」

と左吉が言い切った。

「黒澤金之丞、ただ今の香取屋武七はいくつにございますな」

「四十の半ばと推測されます。訝《いぶか》しいことに香取屋の奉公人でも滅多に素顔を見た者がいないそうでございましてな」

幹次郎は山谷堀に浮かべた屋根船の香取屋武七の声を思い出していた。たしかに四十半ばほどの声と思えた。

「それはまたどうしたことで」

「幼いころ疱瘡《ほうそう》を患《わずら》い、顔にあばたができたとか。それを隠すために夏でも面体《めんてい》を頭巾《ずきん》で隠しているそうな」

「屋根船でも顔は隠したままでございました」

と左吉の言葉を補《おぎな》った幹次郎は左吉から四郎兵衛に視線を移して、

「もはや田沼意次様はこの世のお方ではございません。一体全体黒澤金之丞はなにをなそうというのでしょうか」

「そこです。札差百九株の筆頭行司を狙っておるだけか、田沼家の再興《さいこう》を託されて動こうとしているか。はたまた別の企みがあってのことか」

四郎兵衛の問いに答えられる者はいなかった。

「四郎兵衛様、香取屋の大番頭の次蔵は、その昔、黒澤金之丞が株を譲り受けた札差伊勢半にいた番頭にございました」

「やはりそうか」

四郎兵衛が呟いた。

「次蔵は、武家の黒澤金之丞が商人の香取屋武七に成り変わり、札差の主になる手伝いをなした人物です。その腹心の者をあっさりと始末する、香取屋武七はなかなかのタマにございますな」

左吉の言葉に三人が頷いた。

「さて、明日の川遊びに香取屋はどのような仕掛けをしてくるか」

この夜、引け四つ近くまで伊勢亀の大旦那が薄墨太夫、神守夫婦を招いた川遊びの警固について話し合いが行われた。

吉原会所は、昼夜をわかたず吉原の治安と自治を護《まも》るのが本分で、川遊びの警固にそう人数が割けなかった。いきがかりで仙右衛門が助船頭《すけせんどう》に扮《ふん》して屋根船に乗ることが決まったが、同道する幹次郎と汀女に負担がかかるのは致し方なかった。

なにより心強いことは伊勢亀の大旦那が船を雇ったのは吉原会所と関わりが深い船宿牡丹屋だった。

話し合いが終わったとき、引け四つの拍子木が打ち出されて、それに追われるように幹次郎と左吉は、山口巴屋を辞去すると大門を出た。

五十間道に人の姿はない。

「左吉どの、お待たせ申してすまなかった」

幹次郎は改めて詫びの言葉を口にした。

「神守様がすまながるこっちゃございませんや。こちらは七代目から過分な金子も頂戴しておりますさあ。香取屋が商いの腕で御蔵前の頭にのし上がるについちゃ、だれも文句のつけようはございますまい。だが、金で仲間の札差の顔をひっぱたいたり、怪しげな連中を雇って力ずくで筆頭行司に就こうなんて江戸の商人の風上にも置けませんや」

と左吉が言い切った。

「本業に差し支えはしませぬか」

「その本業にございますがね、このご時世ですからね。金を出して牢屋敷にしゃがんでこい、と左吉に身代わりを願う旦那衆やお店が減りましてね。手持ち無沙《ぶさ》汰《た》の折り、助かっておりますよ」

と声もなく笑った左吉と幹次郎は五十間道に月明かりの影を引いて衣紋坂を上《のぼ》っていった。

「それならばいいが」

「神守様、わっしも香取屋武七がなにを企んでいやがるか、今ひとつぴーんときませんので」

「それも明日になれば判明しよう」

「へえ、そうなればよろしいのですが」

「左吉さんはなにも起こらぬと申されますか」

「その辺のところもなんとなく漠然として摑みどころがないのでございますよ」

と応じた左吉が、

「田沼意次様は去年の七月二十四日に亡くなられましたな、こいつは紛れもない事実だ。この一周忌《いっしゅうき》を機に田沼一派が立ち上がるって噂が巷に流れておるのをご存じですか」

「いや、知りませせぬ。とは申せ、田沼派の老中、幕閣の大半は松平定信様の老中就任後に禄高没収、隠居、謹慎《きんしん》などで力を失っておりましょう。意次様の孫意明《おきあき》様は一万石に減じられ、折角築いた相良城も没収の憂《う》き目に遭ったと聞く。もはや田沼派になにほどの力が残っておりましょうや」

若年寄意知の子の意明は、江戸城中で佐野善左衛門政言に父が斬られて死去したあと、跡継ぎとして認められた人物だ。

田沼派再興の折りの旗印だがまだ幼かった。

「そこでございますよ。なぜ香取屋武七だけが意気揚々《いきようよう》として、幕府に楯突く様子を見せておるか、その辺が分からないんで」

「われらが知らぬ事実が闇に潜んでおるか」

「その辺りがどうも」

首を傾げる左吉と幹次郎は見返り柳の辻で左右に別れた。左吉は三ノ輪に住む仲間を訪ねるという。幹次郎は左吉がどこに住んでいるか知らなかった。会いたければ馬喰町の一膳めし屋を訪ねればよいことだ。

「気をつけてな、左吉どの」

左吉の背に声をかけた幹次郎は土手八丁を左兵衛長屋へと急いだ。


今晩も長屋の灯りは点っていた。

「遅くなった」

戸を開くと今晩も汀女が文机《ふづくえ》に向かって門弟の女郎衆の文を添削《てんさく》していた。

「明日は川遊びじゃぞ、寝不足じゃと船酔いをせぬか」

「幹どのも駆け回っておられます。私だけが床に就くのもなんでございます。それに船が出るのは四つの刻限じゃそうな」

「そうか、それなれば明朝は少しばかりゆっくりできような」

「幹どの、よく眠れるように卵酒を作りましょうか」

と汀女が台所に立ってきた。

「玉藻様のところで膳をもらって酒を頂戴した、酒はよい」

「ならば上がり框にしばらく腰を下ろしていなされ」

「なにをなすのだ」

幹次郎を上がり框に座らせた汀女は、火鉢に掛かった鉄瓶の湯を盥《たらい》に注いで水で埋めた。手で湯加減を確かめた汀女が袖を前帯にからげて、

「幹どの、盥に足を入れなされ」

と命じた。

「最前、山口巴屋の井戸端で足は洗《あろ》うてきた」

「水ででございましょう」

「いかにも水だ」

「一日歩いた足はぬるま湯で温めるのがなによりです」

幹次郎は盥に張られたぬるま湯に足を浸《ひた》した。

「おお、これは気持ちよい」

「足が温まれば眠り易くなります」

と言った汀女が土間に屈《かが》み、幹次郎の足を湯の中で揉み始めた。

「これはたまらぬ」

「幹どのは疲れておられます」

「当人はそう考えたことはないがな」

「本日、血を見ましたな」

「姉様、卜《ぼく》を見られるか」

「幹どのの顔にそのことが漂っております」

「裏同心たる稼業、これが務め」

「幹どの、長いこと続けられるお務めではございますまい」

「だが、われらの暮らしを支えておるお役目だ」

「はい」

と答えた汀女は押し黙ったまま幹次郎の足を丹念に湯の中でいつまでも揉みほぐしていた。

二

幹次郎と汀女は、この朝、六つ半（午前七時）時分に床を離れた。嗽《うがい》手水《ちょうず》を済ませたふたりは、近くの湯屋、花の湯《はなのゆ》に朝湯に行った。そして左兵衛長屋に戻ると、髪結のおりゅうがふたりを待ち受けて、まず幹次郎の髪を結い直し、髭をあたってくれた。

汀女が昨夜《ゆうべ》から用意してくれていた、涼しげな白絣の小袖に夏袴を着けて身形《みなり》を整えたが羽織はなしだ。

川遊びの正客《しょうきゃく》というわけでもなし、なにがあっても身軽に動けることを配慮してのことだった。菅笠は真新しいものを被った。

「姉様、先に出かけるぞ」

この朝、幹次郎は和泉守藤原兼定を選んで手にした。

「幹どの、のちほど牡丹屋さんで会いましょう」

うーむ、と応じた幹次郎が長屋の敷居を跨ぎかけ、髪を梳《と》かしてもらう汀女を振り向いた。

「姉様、お陰でよう眠れたし足が軽いわ。これでなにがあっても即座に応えられよう。礼を申す」

「なんのことがございましょう。女房の務めを果たしただけです」

お互いに会釈し合って、幹次郎は吉原に向かった。

「汀女先生、こちらはいつまでも熱々ですね。子供がいないせいかね」

と吉原の遊女の髪を結うおりゅうが言った。

「子がいないせいだけではございますまい。私どもは幼いときから同じお長屋に育った者同士、身内同様に育った幼馴染ゆえではございますまいか」

「同じ長屋に育った者が仲がよいとは限りませんよ。私なんぞ幼馴染とは喧嘩《けんか》ばかりしてました」

「ふっふっふ、幼い男の子と女の子が喧嘩をなすのは相手に関心があってのこと。そのお方、今どうなされてますね」

「蔵前で大八車を引く力仕事をしてますよ。かみさんに子供が四人《よったり》もいるそうで、褌《ふんどし》一丁で車を引く姿を見たら、たとえその昔相手に関心があったとしても好きとか惚れたとかの想いのかけらも浮かんできませんよ。目を背《そむ》けて足早に通り過ぎるだけです」

「よい親父様ではございませんか。妻子のために必死で働いておられるのですから」

「そりゃ、富公《とみ》が必死に妻子のために働いているのは私も分かりますよ。でもね、往来で褌一丁はどうも」

と女髪結のおりゅうが笑い、蔵前で働くという富公の名を出して思い出したか尋ねた。

「汀女先生、伊勢亀の大旦那の川遊びに招かれたのでしたね」

吉原内では一旦外に漏れた情報は、一瀉千里《いっしゃせんり》に知れ渡る。

「薄墨太夫のご相伴です。大旦那様のお相手をひとりでなさるのは気疲れと思われて、私どもを引き込まれたのでございましょうな」

「川遊びには申し分のない日和ですよ」

とおりゅうが言い、梳《す》き櫛《ぐし》を替えた。

障子に差す光は朝からかあっとして力強かった。黙々と汀女の髪を整えるおりゅうが、

「髪結は客から聞いた話は余所様に喋ることはご法度です。吉原では格別にお客様の愚痴《ぐち》や不満を他人に漏らすことは禁じられております。汀女先生、これは私

が直に客から耳にした話ではありません。私の仲間のおそめさんが聞いた話です、むろんおそめさんも髪結のご法度は承知です。仲間内のお喋りと思うて、汀女先生、聞いてくれませんか」

と言い出した。

「なんぞ気がかりがございますので」

「おそめさんは私の姉《ねえ》さん格に当たる髪結でしてね、御蔵前界隈に客が多うございます」

「ほう」

「浅草森田町《もりたちよう》の札差中留屋《なかとめや》さんは札差でも大きなお店ではございません、百九株の中で下から数えたほうがいいくらいです。このお店に長年出入りしているのがおそめ姉さんでしてね」

と髪を結いながらの話、つい前置きが長くなった。

「去年の秋口から旦那がひと月に一度夜参りに行くようになったそうです。女将さんは外に女ができたのかと疑ったそうな。ですが、財布の中身を調べてもそう減った様子はない。明け方戻ってきた旦那は疲れ切った顔をしているそうで、顔色も悪い。ひょっとしたら女ではのうて、病にかかっての神信心かと考え、もしそうならばお医者様に行くように願ったそうな。ですけど、旦那は病なんかじゃないと強く抗弁《こうべん》したそうです。そして、今しばらくの辛抱、見て見ぬふりをしていておくれと旦那に言われた女将さんはやっぱり隠し女ができたんだと疑っているそうです。それでもどちらの寺社にお籠りでと尋ねると、思わず旦那が駒込の勝林寺《しょうりんじ》と答えたそうな。そうして、この寺の名を絶対に外に漏らしてはならぬと女将さんに口止めしたそうです。中留屋の女将さんは旦那に女がいるかどうか、疑っておそめさんに相談したんですよ」

「駒込の勝林寺、ですか」

「その寺になにか格別なご利益《りやく》でもあるんですかね。あるいはその寺の近くに隠し女がいるとか」

とおりゅうは汀女に訊いた。

「艶っぽい話ではありますまい」

「そうですよね」

「百人百通り、人は心に悩みを抱いて生きるものです。中留屋の旦那様もなんぞ鬱々とした気持ちを抱いてひと月一度の夜参りを続けておいでなのでしょう。女将さんもしばらく旦那の申された言葉を信じて、見て見ぬふりを続けることですね」

と汀女は当たり障りのない返事をした。

おりゅうもはっきりと汀女の知恵を借りようとして話し出したことではない。客を飽きさせないように姉さん株の髪結から聞いた話をしただけだった。それでも汀女は念を押していた。

「月一度と申されましたが日にちは決まっているのですか」

「はい。決まって二十四日だそうです」

「それは色ごとではございませんよ。恩を受けた人の月命日にお参りなされておられるのです」

「そうですよね、女将さんが案じるほど旦那もてもせず、です。それに中留屋の旦那は、札差にしては気が弱くて、顔だって薩摩の芋《いも》みたいなご面相《めんそう》ですもの、妾《めかけ》を外に囲う才覚なんてあるものですか」

とおりゅうが言い切り、

「おそめさんに願って汀女先生の考えを女将さんに伝えてもらおうかしら」

「おりゅうさん、この話、ここだけの内緒話にしておきましょう。それ、髪結さんが聞かされたお客の愚痴や相談ごとは、余所では話してはいけないご法度にご

「そうでしたそうでした。私、おそめさんのことを思ってうっかりしていたわ」

とおりゅうが自らを納得させるように言った。

幹次郎が牡丹屋に着いたとき、すでに船着場に新造の屋根船が泊まり、船頭らが船の点検をしたり、真新しくも清々《すがすが》しい簾を掛けたりと川遊びの仕度に余念がなかった。

屋根の左右に丸く巻き込まれた青竹簾が載せられていた。

主船頭は政吉父つぁんで、助船頭に牡丹屋の若手の尚五郎《しょうごろう》ともうひとり、頬《ほお》被《かむ》りした仙右衛門がすでに船頭の形に扮して立ち働いていた。

幹次郎はまず政吉に挨拶した。

「昨晩は遅くまでお付き合いいただき、今朝はかように早くから働かせて申し訳ございません」

「神守様、それはお互い様にございますよ。もっとも本日の神守様はわっしらの側ではねえ、お客様のひとりだ」

「慣れぬことでいささか緊張致します」

「神守様がお客様として最後まで川遊びを楽しむ日であればよいが」

と政吉船頭が懸念を口にしたが、それ以上のことは言わなかった。

幹次郎は簾を下げる仙右衛門のもとに行った。

「神守様、すっきりとした顔をしておられる」

「朝湯に行き、おりゅうさんに髪を結い直してもらいました」

「絣がお似合いです」

「番方も船頭の形が板についておられる」

「本日は番方ではございません。船頭の仙吉《せんきち》とでも呼んでください」

と笑った仙右衛門が、

「政吉の父つぁんに腕っぷしの強い尚五郎が助船頭として乗ってくれました。なにがあったってびくともしやあしませんよ。本日は川遊びをたっぷりと楽しんでください」

「客と思うと却って緊張する」

「神守様、船が襲われたとき、この青竹簾を垂らしてください。矢なんぞ射かけられても防げます」

と仙右衛門が屋根船の上に載せられた青竹簾の使い道を幹次郎に告げた。

「覚えておこう」

幹次郎はお天道様の位置を確かめ、そろそろ五つ半（午前九時）の刻限かと察した。

「政吉さん、それがし、薄墨太夫を迎えに行って参る」

「お願い申します」

幹次郎はふたたび日本堤を吉原へと向かった。

山谷堀の岸辺に生えるしだれ柳の枝を掠めて二羽の燕《つばくろ》が飛んでいく。親鳥が小燕に飛び方を教えているのか。青黒い背を傾けて水面に近づくと、風切羽《かざきりばね》が水に触れて、飛沫《しぶき》が光って飛んだ。

つばくらめ　柳をかすめて　夏がいく

幹次郎の胸に五七五が浮かんだ。燕《つばくらめ》は燕の古い呼び方だ。

（今日が無事であればよいが）

と思うて飛び去る燕を目で追っていると、

「なんじゃ、えらく恰好をつけてどこへ行く」

と足田甚吉《あしだじんきち》の声がした。

浅草並木町の料理茶屋山口巴屋の男衆の甚吉は勤めに出るところらしい。

「本日は川遊びに招かれた」

「川遊びじゃと、呑気《のんき》でよいな。四郎兵衛様にか」

と甚吉が尋ねた。

「いや、それがしと姉様は薄墨太夫が札差の伊勢亀の大旦那に誘われたついでじゃ。気を遣うばかりの客でいささか気が重い」

「ふーむ。なんにしても天下の札差に招かれるとは豪儀でよいな。おれなんぞお店の奉公と長屋に戻っての初太郎《はつたろう》のむつき洗いで一日が暮れるわ。楽しみといえば、初太郎の顔を見ながら、安酒を呑むことくらいだ」

「甚吉、それ以上の至福があるか。自分の稼ぎで購った酒をわが子の成長を愛《め》でながら呑む、これぞ快楽の極みじゃぞ」

「極みかどうかは知らぬが身銭を切るよりただ酒がよかろう」

と甚吉がぼやいた。

「早蔵《はやぞう》さんはどうしておられる」

「おお、それだ。相模《さがみ》屋の騒ぎのあと、しょんぼりしておられたがな、山口巴屋の帳場に座って急に生き返られた。小五月蠅《こうるさ》くて敵《かな》わぬ」

「ほう、口五月蠅くなられたとな、そなたにはちょうどよかろう」

「一日に何度もじろりと睨まれて小言《こごと》を受ける身になってみよ。だれが早蔵さんをうちの番頭なぞに考えられたのだ」

「それは四郎兵衛様であろう。文句があれば七代目に直に申せ」

「馬鹿を申せ。吉原の親玉におれ風情がいちゃもんを付けられるものか。ああ、そうだ、早蔵さんが幹やんに会いたいと言うておられたぞ」

「こたびの一件が決着ついた折りにそれがしのほうから伺おう。そう伝えてくれぬか、早蔵さんにな」

分かった、と答えた甚吉がぶらりぶらりと日本堤を今戸橋へと向かっていくのを見送り、

(甚吉のせいで道草を食った)

幹次郎は足を速めて見返り柳へと向かった。


大門を潜ると、面番所から隠密廻り同心の村崎季光が顔を出して、

「おや、裏同心どの、本日はえらくめかし込んでおるではないか」

と幹次郎の風体をこちらもじろじろと見た。

「本日はいささか事情がございましてな、村崎どの」

「よいのう、札差伊勢亀の大旦那と申せば、江戸でも有数の分限者ではないか。われらが伊勢亀の川遊びに招かれることなどまずない。ところが同心を標榜《ひょうぼう》しながら面番所におらぬそなたにはそのような口がかかる。どうすれば、そのような僥倖《ぎょうこう》にありつけるか、生き方を伝授してくれぬか、裏同心どの」

と嫌みを言った。

「村崎様、それがしがなぜかような恰好をしておるか、すでにご存じではございませんか」

「薄墨太夫とて籠の鳥に変わりはないわ。その太夫が遊里の外に出るのだ、うちに届けは出るでな。承知はしておる、だが、こちらにはお呼びがかからぬ」

「気遣いばかりの招きよりふだん通りの奉公がなんぼかましにございましょう」

「それでも川遊びに招かれたいわ。伊勢亀のことだ、神守夫婦を招いて帰りに手土産、五両十両ということはあるまい。二十五両の包金くらい頂戴できよう。羨ましいかぎりじゃ」

いじましい嫌みを聞き流して三浦屋に向かった。

「お迎えに上がりました」

幹次郎が三浦屋の表口の布暖簾を分けると、広土間に夏小袖を着た武家女とも見紛《みまご》う女が日傘を手に立っていた。

一瞬、幹次郎はその女が薄墨太夫と気づかなかった。いつもの普段着の装いよりさらに地味な形だった。

「なんとこれは、見間違《みまちご》うてしまいました」

「外に出るのです。立兵庫に打掛姿、高足駄では異な姿にございましょう」

「連れの新造、禿《かむろ》の恰好はどうなさるのです」

「本日は私ひとりが出向きます」

「なんということで」

思いがけない薄墨の返答に幹次郎は驚いた。

本日の伊勢亀の川遊びは、薄墨太夫ではなく加門麻として招かれたようだ。ふだんから楼主に信頼があればこそ許される無理だった。

「神守様、こたびは、番頭新造も遣手も禿も男衆も同道しませぬ。太夫がこと宜しくお願い申します」

三浦屋の四郎左衛門が顔を覗かせて願った。

「畏まりました」

と受けた幹次郎は、

「そろそろ刻限、参りましょうか」

と加門麻に声をかけた。

「旦那様、無理を聞いていただきまして有難うございます」

「伊勢亀の大旦那に宜しくな」

四郎左衛門が答えて、幹次郎が先に通りに出た。

嬉しそうに加門麻が従い、日傘を差した。そのような何気ない動作が嬉しくてたまらないらしい。

「幹どの、本日は加門麻としてお付き合い願います」

汀女の口真似をして薄墨が幹次郎に言った。

「大門を出たあと、加門麻様と呼ばせてもらいます」

「それで結構です」

仲之町は最も人の往来が少ない刻限だった。野菜売りや花売りが日陰に店を広げていたが、幹次郎と日傘を差した女を不思議そうな顔で見送った。

「相手は汀女先生ではなかったな」

「神守様のお連れはだれだい」

七軒茶屋の男衆が素顔の薄墨太夫を見送った。

「裏同心どの、これからお出かけか」

と村崎季光が眩しそうな視線を加門麻に向け、

「お連れはどなたかな」

と幹次郎に訊いた。大門を女が出るのは吉原会所にしても面番所にしても気を遣わねばならないことだった。むろん遊女の足抜を案じてだ。だが、ただ今の問いは面番所の同心としてよりただの好奇心だった。

「村崎どの、面番所には届けが出ておると申されませんでしたか」

「どういうことか」

「ですから薄墨太夫は川遊びのため大門の外へと出かけられます」

幹次郎の返答を聞いた村崎が、
ぽかん
と口を開き、

「まさか、この女が薄墨太夫か」

「村崎様、このお方が間違いなく薄墨様にございます」

「魂消《たまげ》た。素顔を初めて見たぞ」

と村崎が茫然と言った。

「いかがでありんすか、薄墨の化粧を落とした顔は、村崎様」

「おおっ、声はまさに薄墨太夫じゃぞ。化粧の顔も絶品じゃが、こちらの素顔も捨てがたい。同道する裏同心どのが羨ましいわ」

村崎同心が正直な気持ちを吐露《とろ》し、腰を屈めて挨拶した薄墨が大門を抜けて、加門麻に戻った。

三

牡丹屋の新造の屋根船に主の伊勢亀半右衛門、客には半日だけ本名の加門麻に戻った薄墨太夫、神守幹次郎と汀女、そして、思いがけなくも吉原会所の七代目の四郎兵衛も同乗した。

船は牡丹屋の女将に見送られて直ぐに今戸橋を潜り、隅田川に出ると主船頭の政吉が舳先を上流へと向けた。

「伊勢亀の大旦那、押しかけの私まで乗せてもらいまして恐縮にございます。川遊びには絶好の日和にございますな」

四郎兵衛が挨拶し、半右衛門が、

「七代目、こちらこそ礼を申したいほど、忙しい身の頭取にお付き合いいただき、驚いたり喜んだりしておりますよ」

と笑顔で応じた。

伊勢亀の大旦那はすでに店の実権を倅に譲り、隠居の身だ。だが、札差百九株の筆頭行司を務めているために隠居とも呼ぶことができず、大旦那と周りから呼ばれていた。
五十二、三か。まだまだ働き盛り、艶々とした顔色をしていた。
幹次郎は浅草の札差の筆頭行司と吉原会所の七代目が暗黙裡《り》に話し合い、同席したと見ていた。

屋根船には主と客四人だけで、女衆ひとり幇間ひとりも乗っていない。

汀女が煙草盆を設《しつら》え、麻が屋根船の隅に仕度された火鉢の鉄瓶で新茶を淹れ、菓子を供した。

「天下の薄墨太夫と汀女先生に接待してもらいましては主客転倒、なんとも不都合な話でございますな」

半右衛門が汀女と麻に話しかけた。

「大旦那、なんのことがございましょうか。汀女先生と私、手習い塾ではいつも手が空《す》いた者が茶を淹れ合っております」

「思いもしなかったな。天下の太夫が自ら茶を淹れるか」

「大旦那、生まれたときからの遊女はおりませぬ。本日のお招きは加門麻に半日戻らしてやろうという大旦那のお約束ゆえのこと。今後、どなた様も麻と呼んでくださいまし」

「おお、そうであった」

麻がまず半右衛門に、続いて四郎兵衛、幹次郎と男三人に茶を供した。そして、最後に汀女と自らの分を淹れた。

「ほう、これはなんとも」

伊勢亀の大旦那が汀女と麻の顔を交互に見た。

「どうなされました、大旦那」

「こうして見ればいずれが菖蒲か杜若《かきつばた》、まるで姉妹に見える」

と半右衛門が嘆息した。

「おや、大旦那はやっと気づかれましたか。吉原から浅草門前町界隈では、汀女

「生まれも育ちも違おうに、どうしてかように似るものか」

「大旦那、吉原の七不思議のひとつに数えられる話にございますよ。仔細《しさい》に見れば面立《おもだ》ちは違う。じゃが、しなやかな柳腰、肌が透けて見えるように色の白きところ、落ち着いた物腰、和歌俳諧から茶道香道までの嗜《たしな》みと見識、どちらをどこへ出しても女棟梁《とうりょう》に就くふたりにございますよ」

「たしかに顔立ちは違うが細身の体などよう似ておる。かように片方は露草《つゆくさ》に夏《なつ》椿《つばき》と色目は違う夏小袖じゃが、姉と妹というてだれが疑おうか」

「伊勢亀の大旦那、四郎兵衛様、天下の太夫と会所の奉公人を一緒に論じるのは大間違いにございます。どうか冗談はこれまでにしてください」

困惑の表情の汀女がふたりに言ったが、半右衛門も四郎兵衛も笑みを浮かべ取り合おうともしなかった。

「幹どの、そなたからもよう言うてくだされ」

汀女の矛先《ほこさき》が幹次郎に向けられた。

「姉様、伊勢亀の大旦那も七代目もすべて分かった上で申されておる戯言《ざれごと》、そう真剣に受け止めてなんとしようぞ」

「幹どの」

直ぐに答えが返ってきた。

「なんじゃな、姉様」

と応じた幹次郎の顔が呆然とした。

幹どの、と呼びかけたのは加門麻だった。

「太夫、いやさ、麻、そなた、声色も使うか」

と半右衛門が驚きの顔をした。

屋根船はいつしか橋場町《はしばちょう》の中洲《なかす》に差しかかり、ここで流れは大きく東から南へと蛇行《だこう》する。東に目を転ずれば、里人《りじん》が鐘ケ淵《かねがふち》と呼ぶ綾瀬川《あやせがわ》との合流部が見えた。

「姉と妹、似ておるのは声だけではございません」

「ほう、他になにが似ておるか、麻」

「男衆の好みまで姉様と一緒にございます」

と麻がなんとも大胆なことを口にした。

「なにを言い出すやら」

さすがの四郎兵衛も汀女と大旦那の前のこと、いささか慌てた。

「七代目、狼狽《ろうばい》なさいますな。妹の気持ちは姉様もよう存じておられます」

「ほう、姉と妹で男の好みが一緒とはどういうことか」

伊勢亀の大旦那が笑みを消した顔で尋ね返した。

「大旦那、野暮は承知で麻の気持ちを申し上げます」

「なんじゃ改まって」

「麻様の好みは幹どののじゃそうな」

と汀女が答えた。

「姉様、冗談にもほどがある。大旦那や七代目の前でいくら戯言というても口にしてはならぬ言葉じゃぞ」

「本日は無礼講《ぶれいこう》、薄墨太夫ではなく加門麻様にございます。親しき仲同士の心を正直に覗かすのです、笑って聞き流してくだされ」

「姉様、そのようなことが聞き流せるものか」

幹次郎ひとりが強張った顔で抗弁した。

「神守様は麻の命の恩人、親にも等しいお人にございます、伊勢亀の大旦那」

「おお、一昨年の大火の折り、薄墨を猛炎の中から助け出したのは神守様にございましたな」

「それは吉原会所の奉公人なれば当然の務めにございます」

「そう聞いておきましょうかな」

と半右衛門が笑った。

「伊勢亀の大旦那、神守様がお困りの様子にございますよ。この話はまたにしてなんぞお話があるのではございませんか」

四郎兵衛が半右衛門にその日の川遊びの真意を問うた。

「七代目から言い出されるといささかばつが悪い。麻、本日は最初から野暮な願いがあって、この川遊びを仕立てた。許してくれぬか」

「許すも許さぬも加門麻として川遊びに誘ってくださる大旦那がどこの世におりましょうや。麻が役立つことなればなにごとでもお命じくださされませ」

「麻はすでに務めはなした」

「と申されますと」

「四郎兵衛どのがこちらの気持ちを察して川遊びに付き合ってくだされたことにもこの半右衛門、感謝の言葉もない」

「吉原と御蔵前、これまで深い交わりは持っておりませんでしたが、互いの交流をはかるのはよきことにございましょう」

四郎兵衛は当初、蔵前の戦に関わりを持つことに迷いがあったが、香取屋の攻撃が何度も吉原に向かううちに、伊勢亀に肩入れすると決心したようだ。

「その言葉に甘えさせてもらう、七代目」

「なんなりと申してくだされ」

「神守幹次郎様の力をお借りしたい」

と半右衛門が幹次郎の顔を見ながら言った。

「七代目の許しさえあれば」

「助けてくれるか」

幹次郎が四郎兵衛を見た。すると四郎兵衛が大きく頷いた。視線を半右衛門に戻した幹次郎が、

「畏まりました」

と即座に返答をなした。

「事情を訊かずともよいのか」

「香取屋武七どののがことと存じますが」

「これは驚いた」

「香取屋武七どのには改まって面談したことはございませぬ。ですが、昨年亡く

なられた田沼意次様と縁があるお方と存じております」

幹次郎が大胆に踏み込んだ。

「なんと」

「間違いにございますか」

ふうっ、と半右衛門が吐息を漏らした。

「神守様、どこまでご存じでございますな」

「香取屋武七の本名は黒澤金之丞にございましょう。田沼意次様の二番目の妻は大番組番士黒澤定紀の娘、この兄の金之丞は素行《そこう》悪しということで黒澤家から勘当され、旗本籍からも抜かれておるそうな。この者、今から十数年前に香取屋武七を名乗って、札差伊勢半の株を買い、百九株の組合、株仲間に入った。伊勢半の番頭の次蔵がそのまま香取屋の大番頭として務めることになった。これから先のことは伊勢亀の大旦那がご存じのことにございましょう」

幹次郎が一気に告げた。

ふうっ
と改めて息を吐いた半右衛門に四郎兵衛が、

「つまり香取屋武七は田沼意次様が御蔵前に送り込んだ人物、万が一の場合、武を捨て商に生きる拠点《きよてん》として札差百九株を牛耳ることを考えて打った布石とみましたがいかがにございますな」

「吉原会所の探索力は並々ならぬものがあるとは承知しておったが、これほどまでとは夢想もしませんでしたよ。川遊びなんぞと策を弄するのではなかった」

と半右衛門が苦笑いした。

「いかにも、香取屋武七がことで神守幹次郎様の腕を借りたいのです。願えますか」

と半右衛門が言い、幹次郎が頷いた。

「大旦那、香取屋はそなた様が務めておられる札差筆頭を狙っておられるそうな」

「いかにもさようです、七代目」

「ただ今の情勢、いかがにございますな」

「六分四分と言いたいが、五分五分と見たほうが宜しかろうと思う。なにしろ香取屋の使う金が半端ではない。伊勢亀の財力をもってしても敵いませぬ。伊勢半の株を買い取って昨日今日札差になった新参者が使う金子の額ではございません。いえね、札差筆頭行司は人望がある若い世代に代わっていくのにこの伊勢亀半右衛門とてなんの異論もございません。ですが、香取屋武七さんのやり方を見ておると、札差の域を超えております。なんぞ曰くがありそうで私も札差筆頭の座を素直に譲れんのです」

「香取屋の財力の背後には田沼様の隠し金が動いておると申されるのですかな」

将軍の最側近たる御側用人《おそばようにん》は、主の死あるいは引退とともに自らも職を辞するのを習わしとする。つまり、

「奉公一代」

が仕来たりであった。だが、田沼意次は家重に始まり、家治の御側用人も務め、さらにはその養子選定にかかわる「御養君御用掛《おんやしないぎみごようがかり》」に就いて三代の将軍家に実権を揮おうとした。

大胆な経済政策を推し進めつつ、賄賂汚職にまみれた政の時代を人々は田沼時代と呼んだ。それは宝暦から天明年間にかけて三十数年も続いた。

賄賂は田沼時代の一側面であり、全盛の折りに集めた田沼の財は莫大で、何万、何十万両とも噂された。だが、天明六年（一七八六）、将軍家治の勘気《かんき》を伝えられていた田沼意次は、家治の死後に老中辞職に追い込まれた。

このとき、田沼は上奏文《じょうそうぶん》を認《したた》め、

「意次あえて御不審を蒙るべきこと、身に覚えなし」と主張した。なお、神田橋の屋敷に隠匿《いんとく》されていると噂される大金は見つからなかったそうな。

「忌憚《きたん》のないところを話してくだされ。ここには心を許した者しかおりませぬ」

四郎兵衛の言葉に頷いた半右衛門が茶を喫して話し出した。

「神守様の申される通り香取屋武七は、田沼意次様の二番目の妻の兄といわれておりますがな、それが真実なれば大番組の家系、武官の血筋です。そのような血筋の者が札差の株を買ったとて直ぐに一人前の札差が務まるわけではない、それほど札差稼業は容易なものではございません」

半右衛門の言葉に一同が頷いた。

「十数年前、伊勢半から株を得た香取屋は伊勢半の番頭の次蔵任せで商売を始めていたような仕儀《しぎ》でしてな、今日の香取屋の押しの強さ、あくどい商いのやり方は見受けられませんでした」

「その商いの方法が変わったのはいつのことで」

四郎兵衛が相槌《あいづち》を入れるように問うた。

「三年ほど前でしょうか」

「つまりは将軍家治様の死に伴い、田沼様の老中解任が決まった年ですな」

いかにもさようと半右衛門が答えた。

「それはいささか興味深い話」

吉原会所の頭取が呟く。

「それからおよそ二年後、田沼様が亡くなられた直後に、さらに強引な商いに転じて百九株の仲間の面を金子で張り飛ばして味方に引き入れ、筆頭行司を狙う私の対抗馬にのし上がった。最前も申しましたが、まっとうな人事の交代なれば、それはそれで致し方ないことです。私も潔《いさぎよ》く身を退《ひ》く覚悟はできております。しかしなんとのう得体の知れぬ人物に後を託すのは、どうしたものかと考えましてな。七代目、これも未練《みれん》にございましょうかな」

「身の退き際はだれしも難しいもの、伊勢亀の大旦那は札差百九株を長年主導してこられた。これは単に株仲間の長《おさ》の交代に留まらない、幕府の財政改革に影響も出る話。当然でございましょう、半右衛門様の危惧はな」

四郎兵衛の言葉に半右衛門がほっと安堵の表情を浮かべた。

「田沼意次様が身罷られたのは七月二十四日にございましたな」

「七代目、いかにもさようです。駒込の勝林寺に埋葬されましたが、全盛の田沼様の面影も見られぬ、寂しい弔いでございましたよ」

汀女はこの言葉をどこかで聞いたことがあると訝しく感じた。

「伊勢亀の大旦那、香取屋の素顔を見た者はおらぬという御蔵前の噂は真実にございますか」

と幹次郎が訊いた。

「いかにもさようです。われら株仲間の集まりにも口を白布で覆い、その上に頭巾を被っておられますでな、顔どころか声を聞いた者もいない始末」

「お待ちくだされ。顔の表情も見せず、声も出さず、ようお仲間へ意思が伝えられますな」

「大番頭の次蔵が香取屋の囁きを聞き取って代弁致しますので。そのために頭巾の中の香取屋武七は、だれぞの替え玉とか、香取屋は何人も影武者があるとか仲間内で噂が流れております。冗談半分真実半分の噂です」

「どなたもそのことを問い質したお仲間はおられませんので」

「半年も前ですか。片町《かたまち》の森村屋《もりむらや》さんが一座の前で冗談にお顔のことと出自のことを尋ねられたことがございます」

「答えはいかに」

と四郎兵衛が尋ねた。

「ただ低い笑い声が不気味に漏れただけです」

「ほう」

「その夜、森村屋の旦那が何者かに自宅で襲われ、口も利けぬほどの怪我を負われ、半身不随《ふずい》になられました。今は倅どのが家業を継いでおりますが、私の忌憚のない考えでは香取屋の仕業かと思われます。その後、香取屋の素顔や出自について触れる者はございません」

「なんということか」

四郎兵衛が小さな声を漏らして腕組みして考え込んだ。

「伊勢亀の大旦那どの、江戸の巷に田沼意次様が亡くなられて一年となる七月二十四日を期して田沼派が再結集して立ち上がり、再興を図《はか》るという噂があるそうにございますがご存じですか」

と幹次郎が尋ねた。

「承知しております」

「半右衛門さんの懸念のひとつですかな」

と四郎兵衛が訊いた。

「巷の噂はとかく面白おかしゅう人の口から口へと伝わっていくもの。気にもかけておりませんでした。ところがうちの奥に頻々《ひんぴん》として脅しの文が届くようになりました。これです」

と半右衛門が脅迫文の束を懐から出すと皆の前に置いた。

「中身は一緒、七月二十四日としか書いてございません」

「田沼意次様が亡くなられた日」

「いかにもさよう。今ひとつ、その日付には意味がございますので。札差の新しい筆頭行司を決める入れ札の日も同じにございます」

一座が沈黙した。

「伊勢亀の大旦那様、森田町の中留屋様は伊勢亀派にございますか、それとも香取屋一派にございますか」

と汀女が突然口を開いて、四人が汀女を見つめた。

「中留屋さんはうちの遠戚にございましてな、むろん私を信頼してくれております」

「その中留屋さんの旦那様が毎月二十四日に駒込勝林寺に夜参りをなさるそうな」

一座が凍りついて、汀女を見た。

四

「姉様、なぜそのようなことを知っておる」

幹次郎が問い質すように訊いた。


「今朝方、髪結のおりゅうさんより四方山話《よもやまばなし》に聞いたばかり、中留屋の女将さんが外に女ができたのではと、夜参りにて寺籠りしているという亭主の話を疑ったそうにございます。ですが、ただ今皆様の話を聞いて毎月二十四日は田沼意次様の月命日、さらには駒込勝林寺が菩提寺と聞いて、伊勢亀の大旦那様にお尋ねしたのです」

「おお、そうか。それで得心がいった」

と幹次郎が応じた。

「驚きましたな。わが足元が切り崩されておるとは夢にも考えませんでした。中留屋は先代が思惑《おもわく》買いで買米に手を出して、不運なことに豊作の年に当たり、大損をしてにっちもさっちも立ち行かなくなりましてな、私の店の他に三軒の札差がテコ入れしてなんとか暖簾だけを守った経緯がございます。当代はさほど商い上手とは言いがたい人物でな、四軒の札差に未だ借財が残っております。それにしてもその四軒に後ろ脚で砂をかけるような、香取屋の陣中に組み入れられたとは夢想だにしませんでした。中留屋が隠れ香取屋派じゃとすると、今や形勢は逆転したやもしれませぬ」

伊勢亀半右衛門が愕然とした。

「中留屋さんが田沼様の月命日に勝林寺に夜参りする際には、他の香取屋派の札差も顔を揃えるということではございませんか」

四郎兵衛が言い出した。

「まず間違いございますまい。田沼意次様の一周忌に合わせて、味方内の結束を図るためにかような夜参り、寺籠りをなして脱落者がないようにしておるのでございましょう、半右衛門様」

「迂闊に過ぎました」

と答える半右衛門の顔色が変わっていた。

ゆったりとした船足の屋根船は、千住《せんじゅ》大橋の南詰《みなみづめ》に沿って橋の下を潜り、蛇行する隅田川の上流、戸田川《とだがわ》を遡っていた。

そのとき、わずかに船が揺れた。

このことに気づいたのは幹次郎だけだ。

左手には三河島村《みかわしまむら》、右手には鄙《ひな》びた千住町外れの田畑が広がっていた。

船中は川遊びとは名ばかり、重苦しい空気が漂っていた。

「近々田沼様の祥月《しょうつき》命日が巡ってくる」

と四郎兵衛が思案顔で呟いた。

「七月二十四日が本戦なれば仕度の時があるということにございます、七代目」

と幹次郎が応じた。

「そういうことです」

と主従《しゅじゅう》が交わす言葉に伊勢亀半右衛門が、

「七代目、会所は私どもに味方してくれますので」

「御蔵前と吉原は、すでにお互いの肚の中を確かめてございます」

「有難い。川遊びなんぞを仕組んだ意味があった」

と半右衛門が言い、

「間に合いましたな」

「間に合いましたかな」

と両巨頭が確かめ合い、

「本日の功労者は汀女先生にございますよ」

と四郎兵衛が汀女を見た。

「七代目、私は偶々おりゅうさんに話を聞いただけにございます」

「いえ、女の悋気《りんき》話から田沼意次様を慕《しと》うての夜参り寺籠りに気づかれたのはさすがにございます」

「七月二十四日、駒込勝林寺とふたつ言葉が重なればだれしもおやと思いましょう」

「さすがに言葉に厳しい汀女先生ならではの思いつきです。私なれば女の嫉妬心《しっとしん》を考えて、ついそちらの考えに傾いたことでしょう」

と加門麻が汀女を見た。

「皆さん、考え過ぎです」

と汀女が困惑の表情を見せ、

「七代目、駒込勝林寺と田沼様は所縁《ゆかり》がございますので」

と幹次郎が訊いた。

「萬年山《まんねんざん》勝林寺は臨済宗妙心寺派《りんざいしゅうみょうしんじは》の寺にございましてな、開山は江戸幕府の開闢より後、湯島天神《ゆしまてんじん》近くに了堂宗歇《りょうどうそうけつ》禅師によって創建されたそうな。それが駒込に移ったのは明暦《めいれき》の大火の後のことです。田沼様との関わりにございますが、安永《あんえい》九年（一七八〇）十二月十四日に老中田沼意次様より寺に隣接する下屋敷二百六十坪の土地の寄進《きしん》の申し出がございましてな、寺社奉行阿部備中守《あべびっちゅうのかみ》様に届けられて、聞き入れられております。このときが田沼意次様と勝林寺が関わりを持った最初でしてな、以後、田沼様が中興開基《ちゅうこうかいき》、つまりは寺の庇護者《ひごしゃ》になったわけです」

四郎兵衛が立ちどころに答えたということは、田沼意次のことを会所でも綿密《めんみつ》に調べたのであろう。

「七代目、勝林寺の名を最前初めて聞きました。老中田沼様の菩提寺としては小さな寺のように見受けますね」

と加門麻が尋ねた。

「安永九年、田沼様は遠州の居城《きょじょう》相良城に初めてお国入りをしましてな、相良大江《おおえ》の平田寺《へいでんじ》の住職に会い、香華寺《こうげじ》に決めたそうな。勝林寺への下屋敷寄進は、相良から戻った後に行われております。平田寺も勝林寺もともに臨済宗妙心寺派でして、この平田寺の住職が江戸駒込の勝林寺の庇護を願ったと考えられる」

「相良城下の菩提寺が勝林寺の口添えをしたわけですか」

「推量の域は出ませぬ。ともあれ田沼様は寺格の高い寺を菩提寺として選ばなかった。まるでその後の凋落を予測したような菩提寺選びと思われませぬか」

「一栄一落《いちえいいちらく》、人の定めは分かりませぬ」

と半右衛門がなにか思い当たることがあるように言った。

「伊勢亀の大旦那も田沼様の弔いをご覧になりましたか」

「七代目、神田明神《かんだみようじん》の前で夜更《よふ》けに鰻縄手の勝林寺に人目を恐れて向かう棺《ひつぎ》を見送りました。あの全盛を誇った田沼意次様が人に礫《つぶて》を投げつけられるのを恐れて、夜中の弔いとは、なんとも物悲しゅう感じました」

「私も駒込追分から弔いのあとに従いましてな、勝林寺の山門を潜る葬列を見送りました。賄賂によって政を専断《せんだん》したまいない鳥、まいないつぶれと非難もされましたが、一方、国許《くにもと》の相良では優れた財務家との評価もあるそうな」

「伊勢亀の大旦那、七代目、人目を避けて埋葬された田沼意次様の墓所に札差たちが集まるのをどう考えれば宜しいのでございますか」

と麻が尋ねた。

「田沼意次様の再興を御蔵前で目指す香取屋武七の命があってのこととは思うが、

さて財力だけで札差百九株の半数が靡《なび》いたのか。なんぞ企んでおるのか」

と呟いた四郎兵衛が簾の外を見た。

屋根船はちょうど王子川《おうじがわ》（音無川《おとなしがわ》）との合流部に差しかかり、政吉船頭が舳先を王子川へと向け直したところだった。

「番方」

四郎兵衛が助船頭に扮した腹心を呼んだ。

「四郎兵衛様、今ごろは勝林寺に向かっておられましょう」

と幹次郎が答えた。

「なに、どこぞで船を下りられたか」

「千住大橋の南詰にて船を下りられました」

「おやおや、話に夢中で気配を感じ取れませんでしたか。それにしても番方、いささか性急ではございませんかな」

「いえ、次の月命日までにはそう時もございません。勝林寺に香取屋一派がどれほど顔を揃えるか、見張るために急がねばと思われたのではございませんか」

「ならば私どもも川遊びを中断して浅草に戻り、なんぞあれば仕度にかかりますか」

と半右衛門が訊いた。

「いえ、それはあまりよい考えとは思えませぬ。半右衛門様、こうなれば私どもは相手がどう出るか、川遊びを続けましょうぞ」

と四郎兵衛が言い、幹次郎も頷いた。

「船頭さん、音無川に船を着けてくれませんか。ちょうど時分どき、昼餉を食しましょうぞ」

札差百九株の筆頭行司を務めてきた人物だけに肚が据わるのも早かった。

「大旦那、麻は昼餉も食せずに吉原に戻るのかと一瞬案じました」

と加門麻がにっこりと笑みを浮かべ、

「幼き折り、婆様に連れられて飛鳥山《あすかやま》に花見に来たことがございます。そのとき、飛鳥山から王子権現《ごんげん》やら王子稲荷の境内を眺めて、婆様にこの次はあそこに連れていってくれろと無理を言った覚えがございます。婆様は翌年に身罷りましたで、音無川のせせらぎを聞くことは叶いませんでした。本日は思いがけなく婆様との思い出の地を訪ねることが叶いました」

と幼き日を追憶した麻が半右衛門に礼を述べたとき、屋根船が王子権現境内の音無川の船着場に泊まった。

そのとき、千住大橋の南詰で駕籠を拾った仙右衛門は、根津《ねづ》権現の北側、里人が、

「曙里《あけぼののさと》」

と呼ぶ道を西進し、御鑓《おやり》同心の大縄地（長屋）を左に見て鉤の手に曲がると、日光御成道と中山道《なかせんどう》の分岐、駒込追分に出ようとしていた。

駕籠は日光御成道を進み、駕籠舁きの先棒が、

「船頭さん、そろそろ目当ての鰻縄手だがね」

と声をかけた。

「助かったぜ。勝林寺の門前を半丁（約五十五メートル）ばかり通り過ぎたところで下ろしてくれねえか」

あいよ、と答えた先棒が、

「こちとら寺にはとんと縁がねえな。船頭さん、急いで駕籠を乗りつけるなんぞは、寺に若い比丘尼《びくに》でも囲っているのかえ」

「昼間から冗談はよしてくんな」

駕籠が勝林寺を半丁ほど越えた法林寺《ほうりんじ》の門前で停まった。

仙右衛門は駕籠の簾から門前町を眺め、やはりそうかと得心した。

過日、お芳の両親の墓参りをお芳と一緒になした。

菩提寺は駒込の浄心寺だ。その南隣の寺が勝林寺ではなかったかと考えていたのだ。

仙右衛門が駕籠から下りたのを見て、

「あれ」

と駕籠舁きが驚きの声を上げた。客の風体が変わっていたからだ。

「驚かせたか」

頬被りを取り、牡丹屋の半纏を脱ぎ、裾をからげた縞《しま》の単衣の仙右衛門を見た駕籠舁きの先棒が、

「なんだ、会所の番方かえ」

「駕籠の中で早変わりとは王子の狐《きつね》も顔負けだ」

と顔見知りの後棒《あとぼう》も口々に言った。

「驚かせてすまねえ。大門を潜ることがあったら、声をかけてくんな」

「面倒みてくれるかい、番方」

「言うには及ばねえ」

仙右衛門は酒手を加えて駕籠代を支払い、法林寺に入っていった。だが、間合を見て、鰻縄手に姿を見せた仙右衛門は、ゆっくりと勝林寺門前に徒歩で戻り、門前町で葭簀《よしず》掛けの花屋を見つけて立ち寄った。

「父つぁん、商いはどうだえ」

「この暑さだよ、寺参りに来る人はいねえよ」

と目尻に目やにをつけた年寄りが日陰から答えた。仙右衛門も往来から見えぬ葭簀の陰に体を入れた。

「おまえさんも墓参りという風体じゃないな」

「お見通しだね、おれは夜参りに来る口だ」

「ならば方角違い、吉原にでも板橋《いたばし》にでも行くがいいや」

と言った年寄りが縁台に腰を下ろし、煙草入れを摑んで開けたが、

「しけてやがる、煙草も切れたぜ」

とぼやいた。

「父つぁんは、この家を住まいにしているのかえ」

「店の裏手に小屋があらあ、そこに何十年も前から巣くっているよ」

「近ごろ夜参りが流行《はや》りだってな」

「だから、吉原に行けと言ったぜ」

仙右衛門は腰の煙草入れから刻みをひと摘み出すと年寄りが未練げに開いたたまの煙草入れに移した。

「おれに刻みを恵んでくれるってかえ。こいつは上物《じようもの》だ、薩摩かねえ」

と嬉しそうに言うと煙管に詰めた。

「この歳になれば酒と煙草がなによりの好物だ」

「好きなものがあるってのはいいことだ」

「だがよ、酒も煙草も買うには銭がいらあ」

「いかにもさようだ」

「そいつが不如意《ふによい》なのがなんとも情けねえ」

仙右衛門は懐手で財布を開き、一朱を摘むと、

「とっておきねえ」

と年寄り花屋の手に載せた。

「兄い、寺町のしけた花屋になにを喋らせようというのだ」

「だからよ、夜参りが流行っているって何度も漏らしたぜ」

年寄りの目が鈍《にぶ》く光り、

「おまえさんが尋ねているのは勝林寺のお籠りのことかえ」

「言うには及ばねえ。田沼意次様を慕う人々が月命日の二十四日に集まるそうだな」

「知っているじゃないか」

「音頭取《おんど》りはだれだえ」

「兄さん、足元見るわけじゃねえ。ありゃ、いささか危ない橋を渡ることになる。悪いが一朱こっきりで命を捨てたくはない」

「おれも話次第で追《お》い銭《せん》を渡すつもりだった。一両まで出そう」

しばし考えた花屋の父つぁんが、

「頭分は頭巾で面体を隠したふたりだ。ひとりは商人、香取屋武七って札差の旦那だ」

「もうひとりはだれだえ」

「ちらりと駕籠に乗るところを見たがありゃかなりの年寄りだ。お武家様だが、なかなかの身分と思えたな」

「ほう、武家の老人か」

花屋の爺様が小首を傾げ、

「しちよう様と呼ばれておるのを小耳に挟んだ、駕籠の紋所《もんどころ》も七曜《しちよう》紋だ」

と言った。

「このふたりを中心によ、蔵前の札差が雨の夜だろうが雪の日だろうが、毎月二十四日の夜半九つに集まり、隆興院殿《りゅうこういんでん》従四位《じゅしい》侍従《じじゅう》耆山良英大居士《きざんりょうえいだいこじ》の大名墓の前で正座をしてお参りする、これが寺籠りだ」

「その数は」

「ばらばらだ。二十数人のときもあれば三十人を超えることもある」

香取屋一派は未だ札差百九株の半数に達していないのではないかと、仙右衛門は思った。となれば伊勢亀の大旦那が案じるほどのことはない。

「集まった連中は明け方に御蔵前に戻るって話だがね」

「笠や頭巾で顔を隠したお参り組はばらばらに集まり、またばらばらに解散してお店を目指す。夜が明けぬ内に御蔵前に戻りつく人もいれば、明るくなって店に戻る人がいても不思議はねえ。頭巾でしっかりと面体を隠したふたりと札差の幹部連数人が勝林寺の分け地の屋敷に集まり、酒を一刻ほど呑んで夜明け前には別れるなんてこともある」

「夜参り、お籠りと称して田沼様の墓前になぜ札差が集まるのであろうか」

「分からぬ」

と答えた花屋の爺さんは最前詰めた刻みに火を点けた。ふうっ、と煙を吐いた爺さんに仙右衛門が、

「一両にしては話の内容が不足じゃな」

と呟いた。

「話は安くない。一両ではそう容易くすべては、売れぬな」

「父つぁん、強気じゃな」

「一周忌の七月二十四日を前に寺籠りの札差全員が寺の分け地にある離れ屋敷に集まるそうな。駒込追分の料理茶屋からひとり頭一両二分の膳を取ったそうな、初めてのことだ」

爺さんが立ち上がり、閼伽桶を積んだ背後から油紙に包まれたものを差し出すと、

「五両」

と仙右衛門に値を告げ、

「おりゃ、死ぬ前に西国遍路《へんろ》に出るのが夢だ」

と言い足した。

昼下がり、音無川のせせらぎが響く岸辺の料理茶屋海老屋喜左衛門《えびやきざえもん》方の座敷で伊勢亀半右衛門が招いた川遊びの四人が一時《いっとき》蔵前の札差を襲った不快な騒ぎを忘れ、酒を酌み交わし、清談に時を過ごしていた。

幹次郎は神経の半分を宴の場に、残り半分を外界に向けていた。

八つ半（午後三時）前後に長い昼餉が終わったとき、幹次郎はこの日初めて、神経を逆撫でするような違和を感じた。

第五章　月命日の怪

一

音無川の王子権現の船着場を離れた船宿牡丹屋の屋根船は、ゆっくりと荒川との合流部へと下っていく。

「いささか野暮な川遊びであったな」

と伊勢亀半右衛門が加門麻に詫びた。

「いえ、決してそのようなことはありません。大旦那が遊女風情を信頼して、かような船に招いていただいたお気持ち、加門麻、生涯忘れは致しませぬ。神守幹次郎様と汀女先生ご夫婦や七代目と心おきなく話ができ、これ以上の喜びはございませぬ」

頷いた伊勢亀の大旦那が、

「これ、半右衛門、札差百九株の筆頭行司の地位に未練を残しておるのか、と夜半目を覚ましたときなど自らに問うこともある」

と告白した。

「それだけ大旦那の背には大きな重しが載っているのです」

と麻が言い切った。

「札差百九株がよからぬ考えを持つ者に専断されるようなことがあってはならぬ。札差は商いの定法を守り、米相場の安定に寄与《きよ》するのが務め。もっとも私どもも値を吊り上げ、ときに引き下げて、米相場から利益を得てきたこともしばしばある。それが過剰にならぬように監視するのが筆頭行司の務めと思うてきました。だが、半右衛門、いささか歳を食い過ぎたかもしれぬ。武家上がりの札差に御蔵前を引っ掻き回されるようでは、もうろくしたということであろう。七代目、神守様、汀女様、麻、心を許したそなた方に誓う。この騒ぎが決着を見たとき、伊勢亀半右衛門、札差百九株の筆頭行司の地位を退《ひ》こうと思う」

と半右衛門が静かに言い切った。

「そのためには田沼意次様がこの世に残した傀儡を始末しなければなりますま

い」

「七代目、この半右衛門に助力を頼みます」

と改めて四郎兵衛に向かって両手をつき、頭を下げた。

「半右衛門様の忌憚のないお気持ち、四郎兵衛感じ入りました。吉原と蔵前は隣町、札差と吉原は幕府が鑑札《かんさつ》を下された官許の商いゆえ幕府の支配下にございます。とは申せ、得体の知れぬ二本差しに勝手にさせることなどあってはなりますまい。神守様、そう思いませんか」

四郎兵衛が幹次郎を見たとき、政吉船頭が、

「神守様」

と呼んだ。

「御免くだされ」

幹次郎は和泉守藤原兼定を摑むとまず屋根船の艫《とも》に出た。

「訝しい船に前後を挟まれました」

政吉の言葉に幹次郎は後ろを見た。

一艘の猪牙舟に六、七人の剣術家や浪人者が乗って間を詰めてきた。手に手槍や大薙刀を携えている者もいた。

視線を前方に向けると二艘の荷船が王子川の川幅一杯に並んでこちらに向かってきた。荷船にはなんのためか、うずたかく藁束が満載されていた。

両岸にはいくらか余裕があった。が、川底が浅く、二艘の荷船を避けてこちらの屋根船が通り抜ける余裕はない。

「政吉どの、なんとしてもこの船の針路を確保致す。荒川に向かってしゃにむに突っ切りますぞ」

「心得ました」

政吉の潔い返答を聞いた幹次郎は、屋根船の屋根にひらりと飛び乗った。

屋根船の屋根には青竹で編んだ簾が用意されていた。仙右衛門らが用意した防御簾だ。

幹次郎は丸められた青竹簾の縄を解くと次々に垂らしていった。すると舳先に乗っていた助船頭の尚五郎も青竹簾を前方から下ろしてきた。

「七代目、最後に敵方の仕掛けが待っておりましたぞ」

と呼びかけながら最後の一枚を垂らすと、

「私らは青竹簾ごしに船戦《ふないくさ》を見物させてもらいましょうかな」

と四郎兵衛の平然とした声が応え、汀女と麻が船中の物が倒れないように片づけた。

この連携《れんけい》のよさに半右衛門が感心して、

（吉原会所を頼ったのは正解であったな）

と胸中《きょうちゅう》で思った。

牡丹屋の新造屋根船はすっぽりと青竹簾の壁で覆われたことになる。だが、船中からは簾だけに外が見えた。

「尚五郎さん、政吉船頭の指図に従い、一気に荒川へと突っ込んでくだされ」

幹次郎が尚五郎に願った。

「合点です」

さすがに蔵前と吉原の両巨頭を乗せる船の助船頭に指名された若い衆だ。落ち着いた声音《こわね》で答えて、艫へと身軽に移動していった。

幹次郎は屋根の上で片膝をつくと、まず後ろの猪牙舟との距離を確かめた。

猪牙舟は半丁に迫り、さらに間合をみるみる詰めてきた。

政吉船頭の櫓はこれまでと変わることなくゆったりとしていたからだ。そこへ助船頭尚五郎が加わって二丁櫓になり、船足が速まった。

幹次郎は立ち上がると舳先に向かった。すると迫りくる荷船二艘の藁束に次々に炎が走った。

屋根船の針路を燃え上がる火ダルマ船で断つつもりか。すでに間合は二十間（約三十六メートル）を切ろうとしていた。

屋根から舳先に跳んだ幹次郎は、尚五郎が屋根に残した八尺（約二メートル四十二センチ）余の竹棹を手に構えた。

「ござんなれ」

幹次郎の顔を猛炎が焦がした。

荷船は今や藁束が大きく燃え上がり、炎の船と化していた。

炎の向こうに櫓を必死で漕ぐ船頭の姿が見えた。

幹次郎は向かって右手の火ダルマ船の船頭を狙って竹棹を投げた。渾身《こんしん》の力を込めて投げられた竹棹が猛炎を掻い潜り、見事にその先端が船頭の胸に当たると王子川に落下させた。

船頭が落ちるとき櫓に縋《すが》ろうとしたために、火ダルマ船の舳先が王子川右岸に向かって急旋回《きゅうせんかい》した。

一方、左手の船は十二、三間（約二十二〜二十四メートル）先に迫ってきた。

幹次郎は屋根から新たな竹棹を摑み取ると、突っ込んでくる舳先を竹棹で突いた。二艘目の火ダルマ船の舳先が左に流れた。

「神守様、猪牙舟が追いつきましたぞ！」

政吉船頭の声が幹次郎に届いた。

「荒川に突進してくだされ」

幹次郎は、炎を浴びながらそれでも櫓をこぎ続ける火ダルマ船の船頭を竹棹の先で突いて水中に落下させ、炎の襲撃から解放してやった。

船頭を失い、二列並走を乱された火ダルマ船の炎の間を政吉船頭の屋根船が抜けようとした。

両側から炎が屋根船を襲ってきたが、青竹簾が船中の四郎兵衛らの身を熱から守った。

幹次郎は猛炎をものともせず竹棹を手に屋根の上を艫へと走り戻った。

ちりちり
と幹次郎の鬢《びん》の乱れ髪を炎が燃やした。

艪のほうに来たとき、政吉船頭と尚五郎は手拭いで鼻と口を覆って姿勢を低くして櫓を必死で漕いでいた。

「もう少しの辛抱じゃぞ」

と幹次郎は鼓舞すると迫りくる猪牙舟を見た。

猪牙舟は船頭を失った火ダルマ船の間にちょうど舳先を突っ込んだところだった。

幹次郎は屋根の上に仁王立《におうだ》ちになると十数尺（三メートル以上）の竹棹を燃え盛る左手の船の藁束の真ん中に投げた。すると炎を上げる藁束の山が猪牙舟に覆い被さるように崩れ落ちた。

「あ、熱い！」

「火攻めは敵わぬ！」

と悲鳴を上げた浪人者らが次々に川に飛び込んでいった。それでも三人の剣術家が舟に残り、

「助けてくれ」

と叫ぶ水中の浪人者には目もくれず屋根船に追いすがってきた。

「どう致しましょうかな」

吉原会所と長年の付き合いがある老練な船頭が幹次郎に訊いた。

「政吉どの、このまま荒川を目指してくれぬか」

と命じた幹次郎は、屋根船の屋根に残っていた最後の十五尺（約四メートル五

十四センチ）余の最長の竹棹を手にした。

この竹棹の先には鉤の手が装着され、流れの強い岸辺に舫うとき、石垣や棒杭《ぼうぐい》を引っかけて引き寄せるための道具だった。また鉤の手には縄が結ばれていて、竹棹から外して鉤縄として使うこともできた。

屋根船の屋根で縄の付いた鉤棹を手にした幹次郎は、猪牙舟との間合を目測した。およそ十三、四間（約二十四～二十五メートル）か。

屋根船は二丁櫓だが、船体が猪牙舟に比べて大きく重い。それだけに船足は猪牙舟に比べようもない。

猪牙舟が三、四間（約五・五～七・三メートル）に距離を詰めてきた。

幹次郎が鉤がついた竹棹を突き出すとさらに猪牙舟が迫ってきた。

浪人者のひとりは黒柄の槍を構えていた。残るふたりは屋根船に横着けして斬り込む構えを見せていた。

竹棹の先の鉤の手が猪牙舟の舳先に掛かり、食い込んだ。

幹次郎は竹棹を振って鉤の手を竹棹の先から外し、縄を摑むと左右に振った。

すると猪牙舟が左右に振られて揺れた。

「尚五郎どの、この縄を渡すぞ。そなたの大力《だいりき》で存分に振り回してくれぬか」

「合点承知の助ですぜ」
意図を即座に理解した尚五郎が櫓を船中に引き上げ、幹次郎から鉤縄を受け取ると、
きりきり
と絞り上げ、
ぱあっ
と放すと、こちらの屋根船がぐんと前に進み、猪牙舟が急に後退するように下がった。
「神守様、こいつは面白いや」
尚五郎が緩めた縄をふたたび引き絞り、猪牙舟を屋根船に引き寄せると相手の猪牙舟の浪人者が槍を構えて尚五郎を突こうとした。
間合を計っていた尚五郎が今度は縄を左右に振りながら放すと猪牙舟が大きく揺れて、槍の剣術家がどすんとばかりに胴ノ間に尻餅をついた。
猪牙舟は舟足を速くするために舟底は、平田船《ひらたぶね》と異なり、三角形に尖っていた。ために安定はよくなかった。その猪牙舟を尚五郎が大力で揺すぶったのだ。
大きく右に左に揺れて、船頭が、

「縄を切ってくだせえよ」

と叫んだ。

「よし」

と斬り込む心構えの浪人者のひとりが舳先に近づいた。

屋根船と猪牙舟は、二間半（約四・五メートル）余の間合に詰められていた。

尚五郎がふたたびきりきりと縄を絞り上げた。

猪牙舟では、浪人者が舳先に絡んだ鉤の手の縄を脇差で切ろうと身構えた。

幹次郎が十五尺余の竹棹を突き出したのはその瞬間だ。腰高になった浪人者は脇腹を竹棹で突かれて虚空に浮いた。

そのとき、尚五郎が絞り上げた縄を大きく右に振ったので浪人者の体が水中に落下した。

ああっ！

急に猪牙舟の舟足が鈍り、追跡行を諦めた。

屋根船は王子川から荒川の流れに出て、幹次郎が青竹簾を巻き上げて、

「四郎兵衛様方、火傷はございませんか」

と屋根の上から顔を船中に覗かせた。

「なかなか面白い船戦にございましたぞ」

と四郎兵衛が答える傍らで汀女と麻が涼しい顔でにっこりと幹次郎の逆様《さかさま》の顔に笑いかけた。

「七代目、神守様夫婦はただ者ではないと聞いてはおりましたが、なんとも頼もしいご夫婦にございますな」

半右衛門が呆れ顔で嘆息した。

「伊勢亀の大旦那、わちきが神守様ご夫婦に惚れたわけにありんす」

と、この日初めて花魁口調に戻した麻が笑いかけた。


今戸橋の船宿牡丹屋の屋根船が船着場に戻ってきたのは、黄昏《たそがれ》の刻限だった。

「本日は麻にも汀女先生にも野暮をなしたでな、口直しの一杯を仕度させてある。四郎兵衛様、神守様も一献《いっこん》付き合うてくださいませぬか」

と半右衛門が気を遣った。

「私どもはなんの働きもしていませんがな、神守様と船頭衆に汗を掻かせました。女衆のふたりも大旦那のご厚意、受けてくだされよ」

四郎兵衛も口を揃えて、牡丹屋の二階座敷に上がることになった。すると店先に伊勢亀の大番頭の吉蔵《きちぞう》と番方の仙右衛門が待ち受けていた。

「番方、ご苦労でしたな。駒込まで走られましたか」

「へえ」

と応じる仙右衛門の顔が険しいのを四郎兵衛も幹次郎も見た。

「番頭さん、船頭衆に祝儀をな、存分に差し上げてくださいよ」

と命じた半右衛門と一行は女将に迎えられて二階座敷に上がった。

王子権現まで川遊びに行った五人に仙右衛門、吉蔵が加わった。

吉蔵は伊勢亀の生え抜き、半右衛門も信頼を置く大番頭である。

「伊勢亀の大旦那、ちょいと見ていただきたいものがございますので」

との仙右衛門の言葉を、

「ならば膳は少し待ってもらおうかのう」

と四郎兵衛が受けて、仙右衛門が帳場にその旨を通した。

なにもない座敷に七人が円座に座り、仙右衛門を注視した。四郎兵衛が口火を切るように、

「川遊びの途中から駒込勝林寺に参られたようですが、なんぞ分かりましたかな」

と言い、

「へえ」

と応じた仙右衛門が懐から油紙で包んだものを出して、満座の中で麻紐を解いた。すると折り畳まれた大高檀紙《おおたかだんし》に名前が中心を空けて羅列《られつ》されていた。

その中心には「田沼意次」の名が大きく朱色で記されていた。

「田沼意次様の名に黒枠があるのは身罷った人物ということかのう」

と四郎兵衛が呟き、その隣に田沼の文字より幾分小さく、

「香取屋武七」

とあった。むろんこちらには黒枠はない。

幹次郎は、伊勢亀半右衛門と大番頭の吉蔵の強張った顔を見ていた。

「この名は香取屋一派の面々の名であろうな」

「大旦那様、とすれば天王町《てんのうちょう》の赤地屋太郎平《あかちやたろべえ》も井桁屋八郎衛門《いげたやはちろうえもん》も片町の板倉屋作蔵《さくぞう》も上総屋源三郎《かずさやげんざぶろう》も鹿嶋屋金八《きんぱち》も、あれあれ、森田町の中留屋も利倉屋《とさや》も十三屋《や》も、大旦那の恩義を忘れて香取屋に寝返ってますよ」

と吉蔵が驚愕し顔を上げた。

半右衛門は大高檀紙の右上に書かれた、

「香取屋一派五十七人衆席順」

の文字を食い入るように見ていた。

「番方、これは香取屋に与《くみ》した面々の名ですな」

四郎兵衛が念を押した。

「七代目、そのように心得ます」

と前置きした仙右衛門がこの香取屋五十七人衆に行き当たった事情を告げた。

「この大高檀紙に記された席順は駒込勝林寺で密かに執り行われる田沼意次様の一周忌の、斎《とき》の場の席次にございますそうな。田沼様が勝林寺に寄進した下屋敷の、七曜屋敷と呼ばれる離れ屋で催《もよお》されるそうです」

「ようもこのような物が手に入ったな」

「勝林寺門前で花屋を営む爺様、田沼意次様の月命日の夜参りがいささか怪しいと考えて、目を光らせていたそうなので。すると先月の二十四日、夜参りが終わったあと、本堂から一人ふたりと消えていき、幹部連だけが七曜屋敷と呼ばれる離れ屋に移るために姿を消した。そこで本堂に忍び込んでみると、了堂宗歇禅師の木像の前にこの油紙に包まれたものが置かれてあったそうです。花屋の爺様め、金になると抜け目なく考えてくすねてきたものでございますよ」

「番方にこの席順を売り渡したか」

「五両ぽっちで爺様がわっしに譲ってくれたのですが、これが本物なればその価値は計り知れず」

「番方、そのような爺様にはせいぜい五両の価値かもしれません。ですが、私どもには何千何万両の値が付きましょうな」

と半右衛門が言い出し、

「百九株の五十七人、本物なれば香取屋一派に御蔵前の札差の実権はすでに握られているのも同然にございます」

「半右衛門様、五十七人の名を見てどう思われますか」

と四郎兵衛がここでも念押しした。

「おそらくは香取屋武七一派に加担した札差の面々に間違いございますまい。大半の者は予測した連中ですからな」

「どうなされますな」

「入れ札まで二月《ふたつき》、この中から少なくとも三、四人をふたたび寝返らせなければ私どもは負けます。なんとしても切り崩さねばなりますまい。七代目、この席順が手に入ったのは未だ伊勢亀半右衛門に運が残っているということかと思います」

「大旦那の申される通りです。なんとしても田沼様の亡霊にも入れ札にも打ち勝ってくださいまし」

と加門麻が言い、半右衛門が大きく首肯した。

「麻様、月命日のお籠りには、一座の者にしちよう様と敬われる武家がおりますそうな。この者が何者か、ひょっとしたら田沼意次様の所縁の者かと駒込からの帰り道つらつら考えながら戻って参りました」

という仙右衛門の言葉に一座をまた重い沈黙が支配した。

二

「しちよう様か」

と四郎兵衛が呟いた。

「田沼意次様の紋は七曜紋でございましたね」

「たしかに田沼家の家紋は七曜紋」

「半右衛門様、田沼の実父意行《おきゆき》様はなかなか子に恵まれず七面《しちめん》大明神に祈誓《きせい》をかけたところ、意次様が生まれたそうな。意行様は死に臨《のぞ》んで、意次様を呼び、七面大明神のご恩を忘れぬように『七曜紋を家紋にせよ』と遺言《ゆいごん》したのでございますよ。田沼家にとって七曜紋はなにより大事なもの、そのことを今思い出しました」

と四郎兵衛が告げた。

「七曜屋敷は田沼様の隠れ屋敷、つまりはしちょう様とは田沼意次様にございますか」

と麻が話を大胆に進めた。

「いくらなんでも田沼意次様が生きておることがあろうか」

四郎兵衛が自問した。

「七代目、全盛期に田沼意次様が亡くなられたのであれば、幕府や朝廷の勅使《ちょくし》を迎え、大勢の大名、幕閣の貴賓《きひん》に看取られ、家臣が嘆き悲しみ、御医師団も入れ替わり立ち替わり、最後の手当てをなしたことでございましょう。ですが、田沼意次様はひっそりと失意の中で亡くなられた」

と仙右衛門が言った。

「番方、田沼意次様は生きておられると言いなさるか」

「田沼時代の陰《かげ》りの端緒《たんちょ》は、若年寄田沼意知様が旗本佐野善左衛門政言様に城中で刺され、この傷が因で亡くなられたことにございました」

仙右衛門の言葉に、

「佐野善左衛門政言様が刃傷《にんじょう》に及ばれたきっかけは田沼家の系図を粉飾《ふんしょく》するために佐野家から系図と七曜旗を借り受けて戻さなかったことでありましたな」

「へえ。天明六年の八月には家治様が水腫《すいしゅ》に倒れ、亡くなられた直後、老中を解任された。御養君御用掛として家斉様を選抜した田沼様は十五歳の家斉様の後見として実権を揮うつもりが、当てが外れ、政敵の松平定信様が老中に就任して息の根を止められた。さらに相良城は棄却され、領地も一万石に減ぜられた。

七代目、極楽から地獄に落ちた中での田沼意次様の死にございました。何年か前には門前市《いち》をなした賑わいが雀羅《じゃくら》を張る寂れように変わった。田沼意次様は世間から忘れられた中で死の知らせが江戸に走りましたが、もはやだれも関心を持つ者はいなかった。田沼家でもひっそりと意次様の弔いをなし、夜の駒込勝林寺へと亡骸を運んだそうな。

その折り、弔いの列に石が投げられた、糞尿がまき散らされたなどという噂が流れましたが、真かどうか、だれもがもはや田沼意次様のたの字にも関心を寄せなかったのでございますよ」

と仙右衛門が言い切った。

駒込からの戻り道、仙右衛門はあれこれと思案をしながら今戸橋の牡丹屋に立ち戻ったのだろう。

「田沼様が生きておられるかどうか」

四郎兵衛は未だ信じられない風で自らに問いかけた。

「香取屋武七の無限の財力を思えば、田沼意次様存命ということも解《げ》せますな」

と伊勢亀半右衛門が応じた。

「死せる田沼意次様が生きておるとなると、いささか厄介があちらこちらに生ずる」

四郎兵衛はあくまで慎重だった。

「香取屋武七らは田沼意次様の一周忌にことを起こそうとしております。政に居《い》処《どころ》を失った田沼意次様は御蔵前の札差百九株の実権を握り、商いの力を足がかりにふたたび政の場に返り咲くつもりでしょうか」

「番方、すでにご改革を松平定信様が推し進めておられる」

「七代目、そのご改革が決してうまくはいっておりませぬ。奢侈禁止令やら旗本、御家人の借財棒引き策に、これなれば田沼時代のほうがよかったという声もないわけではございませんや」

「四郎兵衛様、私には仙右衛門さんの言われることのほうが得心がいくのじゃがな」

と半右衛門が言った。

「半右衛門様、私もそうは思います。なれど田沼意次様が自らの死を偽装してまで政に執着を持つ気持ちが分からぬのです」

「全盛を極めた人こそだれよりもあわれな末路《まつろ》を忌《い》み嫌うもの、私も田沼様が亡霊のように生きておいでなのを信じたくはございません。ですが、人の性《さが》、業《ごう》にはそのような妄念《もうねん》もあろうかと思いますがな」

四郎兵衛が瞑目《めいもく》して沈思した。次に両目を見開くまでしばしの時が経過していた。その視線が汀女に向けられた。

「明日、陸奥白河藩の抱屋敷にお香《こう》様を訪ねようかと思います。汀女先生、お供願えますか」

「七代目、松平定信様に田沼様の一件、力添えを願われますか」

「田沼意次様は失脚なされたが田沼家は存続しております。われら町衆がこの一件に当たってよいものか」

仙右衛門も黙り込み、汀女も返答を迷った。

「汀女先生は松平定信様のご側室お香様をご存じにございますかな」

伊勢亀半右衛門が関心をみせた。

「伊勢亀の大旦那、神守幹次郎様と汀女先生は、白河城下まで出向き、江戸に戻られるお香様を警固して田沼一派の残党の襲撃から守られたのです。おふたりへの松平定信様、お香様の信頼は絶大と聞いております」

どこから得た情報か、加門麻が答えていた。

安永三年（一七七四）夏、田沼意次は、十七歳の定信の英邁《えいまい》を恐れて陸奥白河藩主松平定邦と養子縁組を結ばせ、江戸から白河へ遠ざけた。

このとき、吉原は白河の定信にひとつの贈り物をなしていた。

松葉屋の禿の蕾《つぼみ》だ。

蕾は本名佐野村《さのむら》香といい、御儒者《ごじゅしゃ》佐野村真五兵衛《しんごべえ》の娘だ。歌人にして国学者《こくがくしゃ》の田安《たやす》家と佐野村家には交際があり、十七歳の定信と十歳の蕾（香）は知り合いだった。何年かの歳月が巡り、定信はお香を側室とした。

この香を江戸に連れ戻す際、神守幹次郎と汀女が働いていた。

「いやはや、この半日で吉原を見直しました。ただの遊里ではございませぬな」

「御蔵前がただ米を換金するだけの組合でないように、あれこれと用心しておりますでな」

「七代目、蔵前に集まるものは米、旗本御家人ばかりです。ですが、吉原はわずか二万余坪の土地から江戸じゅうばかりか三百諸国の人の動きを見ておられる。半右衛門、これほど心強く感じたことはございません」

と蔵前の筆頭行司が応じた。

「さて、最前の返答にございますが」

「むろん私が役に立つのなれば四郎兵衛様に同道致し、久しぶりにお香様と姫様にお目にかかりとうございます」

と汀女が答え、最前から無言を通す幹次郎をちらりと見た。

「幹どの、腹中になんぞお考えがあるのではありませんか」

と年上の女房が訊いた。

「おお、神守様、そなたが沈黙しておることが気になっておった」

四郎兵衛の言葉に小さく頷いた幹次郎は、

「この一件、松平定信様のお力を借りぬまでもお耳に入れておくのは吉原のためにございましょう。これまで吉原は松平定信様の代わりに幾多の戦いを田沼残党と繰り返してきました。ですが、こたびの一件はまるで事情が違う。田沼様が生きておられるかもしれぬのです」

「いかにもいかにも」

「四郎兵衛様、五月二十四日の月命日の集《つど》いまでいくらか日にちがございます。しちよう様の正体を今しばらく確かめてからでも老中松平定信様にお知らせするのは遅くはございますまい」

「神守様はしちよう様が田沼意次様ではないとお考えですか」

「いえ、この段階で田沼様と決めつけるのも、またそうでないと言い切るのも早計にございましょう。ともかくこの戦いは長引きそうに思えます」

四郎兵衛が幹次郎の言葉に頷き、

「私としたことがいささか軽挙妄動《けいきょもうどう》のきらいがございましたな。とは申せさほど暇《いとま》がございませんぞ」

頷いた幹次郎が仙右衛門を見た。

「お疲れじゃろうが、それがしに付き合うてはくれませぬか」

「神守様とてそれは同じこと、いま一度駒込勝林寺に戻りますか」

「亡霊が現われるのは日中より深夜と相場が決まっておりましょう」

と応じた幹次郎が和泉守藤原兼定を手に、

「伊勢亀の大旦那、本日は川遊びのお招き真に有難うございました」

「なんのことがありましょうな。そなた方に御蔵前の難題を押しつけたようでこの半右衛門、なんと申してよいか言葉もありません」

半右衛門に頷き返した幹次郎は、

「加門麻様、川遊び楽しゅうございましたぞ」

と笑いかけ、

「姉様、出かける」

「気をつけて参られませ」

と汀女の言葉に立ち上がった。すると四郎兵衛が、

「番方、連絡に宗吉《そうきち》を連れていきなされ」

と命じて幹次郎と仙右衛門の姿が牡丹屋の二階座敷から消えた。

しばし座を沈黙が支配した。

「驚きましたな」

と言い出したのは伊勢亀の大番頭吉蔵だ。

「吉原の布石の打ち方は御蔵前どころではございませんな、大旦那」

「私が知る吉原は薄墨らと交わる酒席の吉原であった」

と半右衛門がどこか虚《うつ》ろな顔で答え、薄墨と呼ばれた加門麻が、

「それが世に知られた吉原の姿にございます。ただ今大旦那が見聞なされたことは吉原の里人も知らぬ、闇働きの務めにございます」

「それにしても麻、私は吉原を知り尽くした顔をして通《つう》ぶっていたが、なにも知らぬ馬鹿旦那であった」

と苦笑いした。

「伊勢亀の大旦那、吉原は生身の娘を売り買いし、男衆を桃源郷《とうげんきょう》に誘う里にございます。それだけに米を金子に交換する御蔵前よりあれこれとついて回る話が険しゅうございます」

そう麻は答えていた。

「麻、それにしても神守様方の昼夜を問わぬ働きぶり、驚きましたぞ」

ふっふっふ
と半右衛門の感嘆の言葉に四郎兵衛が満足げに微笑んだ。

「大旦那、膳を運んでようございますか。番方にそう命じられました」

と牡丹屋の女衆の声がして、

「ああ、待たせましたが願いましょう」

と半右衛門が返答をし、言い添えた。

「長い一日にございましたな」

「もっと長い日を過ごしておられるお方もございます」

と加門麻が答え、膳が運ばれてきた。


そのとき、仙右衛門、幹次郎、宗吉の三人を乗せた牡丹屋の猪牙舟は、御米蔵の傍らを下っていた。船頭は昼間、王子権現まで川遊びに付き合ってくれた尚五郎だ。


仙右衛門が神田明神下まで猪牙舟をと願ったとき、尚五郎は自ら志願し、牡丹屋の台所に願って握り飯と酒を用意させていた。

「腹が空かれたことでしょう」

と四郎兵衛らの帰りの護衛のために吉原会所から呼ばれていたが急遽《きゆうきよ》こちらに来ることになった宗吉が握り飯の入った竹皮包みを幹次郎と仙右衛門にひとつずつ渡し、茶碗に貧乏徳利から酒を注いだ。

「一杯だけ頂戴しよう」

幹次郎は七分目に注がれた酒を口に含み、喉に落とした。藁束が燃える火ダルマ船との格闘に幹次郎の喉はからからに渇いていた。それだけになんとも酒が美味しく感じられた。

「神守様、しちよう様が田沼様の世を忍ぶ姿か、だれぞが田沼様に化けたか、どう感じられますな」

こちらは茶碗酒をくいっと呑み干した仙右衛門が幹次郎に改めて尋ねた。

「田沼意次様は生きていてはならぬ人物、それが真の田沼様であれ、別の人物しちよう様であれ、密かに始末するのがこの際、上策《じょうさく》かと存ずる」

「厳しゅうございますな。ですがそれしか手はございますまい。松平定信様が乗り出せば、お取り潰しになる大名家や旗本家が出るやもしれませぬ。時を逆様に戻すことはできますまい」

「さようです」

「神守様はすべて事が終わったのちに松平定信様に報告すればよいと考えられますか」

「知らせずに済めばそれに越したことはございますまい」

「香取屋一派の五十七人衆を伊勢亀の大旦那方が急ぎ切り崩すこと、そして、伊勢亀派が実権を保持したあと、早急に若い札差に筆頭行司を譲ることですか」

「そのためには」

「神守様にかかるとなんとも容易《たやす》うございますな」

「伊勢亀の半右衛門様とて長年絶大な力を持てば考え違いやこたびのような見落としが生じます。世代交代は必須にございましょうな。ともあれ田沼意次様の一周忌を迎える前、明晩にもけりをつけぬと厄介なことになりそうな気がします」

幹次郎の言葉は長期戦を予測していた。

仙右衛門が小さく頷き、茶碗に二杯目の酒を注いだ。

「神守様、酒はどうなさいますな」

「握り飯を食します」

と新たな酒を断わった幹次郎は竹皮包みを解いた。するとそこには白米で握ったものとじゃこをまぶした握り飯のふたつが入っていた。

宗吉が土瓶に用意した茶を幹次郎に差し出した。

「有難い」

新大橋《しんおおはし》を潜った尚五郎の猪牙舟は、大名家が連なる武家地と中洲の間に入り込み、大川と別れを告げた。

幹次郎は黙々とふたつの握り飯を腹に収めると、

「番方、横にならせてもらう」

と舟の胴ノ間に足を曲げてごろりと横になった。その直後、すうすうという寝息が漏れてきた。

「神守様は疲れておられるな」

「番方、王子川で前後を塞がれた折り、屋根船の屋根の上を走り回って三艘の船を始末なされたのです。炎に浮かび上がった神守様の姿はまるで阿修羅《あしゅら》か鬼神《きじん》のようでございましたよ」

と尚五郎が船戦の模様を思い出して、興奮気味の口調で言った。

「ひとりで三艘の船戦では、疲れもしよう」

と独白した仙右衛門が二杯目の酒を呑み干した。

幹次郎の寝息は猪牙舟が昌平橋《しょうへいばし》の船着場に舫われたときも続いていた。だが、仙右衛門は直ぐに起こそうとはしなかった。少しでも体を休めてもらいたいと思ったからだ。

幹次郎は舟が泊まった様子に目を覚ました。

「よく寝ておられました」

船着場の土手から湧き出す水で口を漱《すす》ぎ顔を洗う仙右衛門が、上体を起こした幹次郎に言った。

「失礼をば致した。お陰様で五体に新たな力が漲った」

と応じた幹次郎は仙右衛門を真似て顔を洗い、濡れた手で乱れた髪を撫でつけた。すると髪に藁が燃えた臭いが染みていった。

「番方、明け方まで待つぜ」

と尚五郎が言った。

「六つ半までにおれたちが戻らねえときは今戸橋に引き上げてくれ」

と言い残した仙右衛門、幹次郎、宗吉の三人は湯島横町《よこちょう》の河岸道に上がった。

神田明神門前町をひたすら本郷《ほんごう》の坂上に上がり、半里（約二キロ）ほど行くと加《か》賀《が》様の広大な塀を右に見て駒込追分に差しかかった。

そのとき、どこで打ち出されたか四つの時鐘が夜空に響きわたった。

武家地の間を抜ける分岐で三人は右の日光御成道を選んだ。

「なんだか、昨日から今日にかけて二度も通った道だが、それが大昔のような気がするぜ」

と仙右衛門が呟き、

「神守様、勝林寺に潜り込みますかえ」

「いや、番方、花屋の爺様の名はなんと申しましたかな」

「くそっ、名を訊くのを忘れた。爺様だって名くらいあるはずなのにな」

とぼやいた。

「さすがの番方も田沼意次様が生きておるやもしれぬという話に興奮なされましたかな」

「自分じゃあ、いつも通りと思っていたんだがな」

と苦笑いした。

「花屋の爺様を起こすのはいささか気の毒だが会っていきたい」

「五両もの話し代を払ってございますよ。夜中に叩き起こされるくらい我慢してほしいものだ」

大番組の与力同心が住む大縄地を過ぎた辺りで仙右衛門は宗吉の手に提げた提灯の灯りを消させた。さらに三人は無灯火のままに半丁ほど歩き、

「こちらで」

と日光御成道から左に入った参道に幹次郎と宗吉を案内した。葭簀掛けの花屋の裏手へ通じる路地にぼおっとした灯りが漏れていた。

「爺様、ひとりで酒盛りでもしてやがるか」

と先に路地に体を入れた仙右衛門の動きが止まった。

「血の臭いが」

と呟いた。

三

鰻縄手の門前町で小さな花屋を営む爺様の住処《すみか》は葭簀掛けの店の裏手、小さな庭を挟んだところに建つ小屋だった。その小屋の中から灯りが漏れ、血の臭いが漂っていた。土塀に寄りかかるように建つ小屋の後ろは、寺の墓地のようだった。

「番方、それがしが先に立とう」

幹次郎は仙右衛門に代わり、開き戸の前に立った。

仙右衛門と宗吉が戸の左右に控え、仙右衛門は懐に手を入れ、宗吉は手にしていた提灯を地べたに置くと腰帯に差してきた赤樫《あかがし》の棒を抜いた。

仙右衛門が開き戸に取っ手代わりにぶら下がっていた縄を引いた。するとふわっと濃い血の臭いが三人の鼻腔《びこう》を襲った。

幹次郎は低い天井の梁《はり》にぶら下げられた爺様を戸口から見た。首吊りは明らかに死んだあと、だれかによって細工された様子だった。胸の周りに突き傷があって、血まみれということが、土間に置かれた油皿で燃える灯心のか細い灯りが教えてくれた。

幹次郎は、ゆっくりと土間に身を入れた。

作業場でもある四畳ほどの土間に三畳の板の間が小屋のすべてだった。意外にもきれいに片づいた小屋の中で主の爺様は、草履を履いたまま口に紙片を咥えさせられて死んでいた。

幹次郎は爺様の手を触った。

温もりが残っていた。ということは殺害されたのはつい最前と考えられた。

仙右衛門が、口に咥えさせられていた紙片を抜いた。宗吉が戸口に置いていた提灯に灯心の火を移した。すると狭い小屋の中がさらにはっきりと浮かび上がった。

板の間は綺麗に片づいていた。

仙右衛門は宗吉が差し出す提灯の灯りに血まみれの紙片を広げた。

「五両頂戴仕り候」

とあった。

「爺様が五十七人衆席順なるものを勝林寺の本堂から盗み出したことを香取屋一派は承知して泳がせていたということでございましょうかね」

仙右衛門が自らの迂闊を問うように幹次郎に訊いた。

幹次郎は、髭をあたったばかりのような爺様の顔を見、部屋の中を眺め回した。余りにも小屋の中が片づけられていた。片づけたのは本日のことと思えた。板の間の隅に笠が上に載せられた風呂敷包みがあるのを目に留めた。

「宗吉どの、風呂敷を解いてくれぬか」

宗吉が弓張り提灯を板の間に置くと風呂敷包みを解いた。すると中から何枚かの単衣や袷《あわせ》や白衣が畳まれ、その間に花切り鋏《ばさみ》などの商売道具が突っ込まれているのが見えた。

「爺様、この小屋を立ち退《の》くつもりだったかね」

と宗吉が呟く。

「おれからせしめた五両があった。それで予《かね》て念願だった西国遍路に出るつもりだったか」

「番方から五両をせしめた爺様です。江戸を離れる前にもうひと稼ぎと考えたのではござるまいか」

「勝林寺のだれぞに掛け合い、金を強請《ゆす》り取ろうとしたと言いなさるか」

「いささか危ない橋を渡ったのではないかと思いついたのだ」

「爺様、欲を出して命を縮めたか」

仙右衛門が幹次郎の言葉に応じたとき、開き戸にぶすりと重い物が当たった音が響いて、戸が内側にたわんだ。槍の穂先が四、五寸（約十二〜十五センチ）突き通って、提灯の灯りに光った。

「畜生、待ち伏せされていたか」

二本目、三本目の槍が板戸に突き刺さり、壊れかけた。

「番方、あっちの格子戸を壊して寺の墓地に逃げ込もう」

幹次郎は土間にあった心張《しんば》り棒を手にした。

よし、と番方が板の間に飛び上がり、宗吉と一緒になって風通しの格子戸をがたがたと揺らして外した。

その間、幹次郎は襲撃者に備えて迎撃の構えを見せた。

がたんと大きな音がして格子戸が外れたか、風が裏手から吹き込んできた。

「神守様、抜け出す穴ができた」

「番方、まずはふたりが寺領に逃げてくだされ。それがしも直ぐに続く」

「合点だ」

仙右衛門が声を残して格子戸を外した隙間から出て、目の前の寺の土塀に這い上がり、宗吉の手を取って引き上げた。そのとき、吉原会所の名入りの弓張り提灯が土間に残されているのを幹次郎は見た。

幹次郎は提灯を蹴って転がした。すると炎が油紙に燃え移った。吉原会所であることをできることならば悟られたくなかったからだ。めらめらと提灯が燃え上がり、その間にも表戸を壊そうとする気配が見えた。

「神守様」

と仙右衛門の切迫した声がしたとき、壊れかけた戸が蹴り破られ、抜身が煌《きら》めいて浪人が飛び込んできた。そして、幹次郎がひっそりと立つ姿にぎょっとしたように立ち竦んだ。

「いやがったな」

刀を構え直すと乱暴にも片手突きを見せて一気に踏み込んできた。意外と迅速な突きだった。

幹次郎の心張り棒が突き出された刀の平地《ひらじ》を叩くと、よろめく相手の脇腹を強打して土間に転がした。

燃える提灯から吉原会所の文字は消えてなくなっていた。幹次郎は草履の裏で踏んで提灯をばらばらにした。

「神守様、急いでくだされ」

仙右衛門の声に幹次郎は腰の大小を抜くと土塀に跨《またが》る仙右衛門に渡し、さらに土塀へと這い上がった。

そのとき、小屋の中に数人の襲撃者が入り込んできた。それを確かめた仙右衛門と幹次郎は土塀から寺の墓地に跳んで、待っていた宗吉と一緒に逃げ出した。

正行寺《しょうぎょうじ》の墓地を走り抜けた三人は本堂の後ろで足を止めた。

「花屋の爺様の欲を見抜けなかった」

と仙右衛門が嘆いた。

「さあて、われらの正体を悟られましたか」

「爺様にはわっしの身許は話してございません。ですが、香取屋武七一派は、会所と伊勢亀の大旦那が組んだことを承知だ。となると知れたとみたほうがいい」

「番方、田沼残党の動きを注視するのはわれらばかりではない。大目付《おおめつけ》をはじめ、松平定信様の配下の者が見張っていることを一派は警戒しているはず」

「しまった！」

と宗吉が叫んだ。

「どうした」

「会所の提灯を小屋に残してきた」

「神守様が始末なされたわ」

「助かった。危うくドジを踏むところだった」

と宗吉がぺこりと頭を下げた。

「さあてどうします」

幹次郎の問いに仙右衛門が、

「わっしらの身許が知れたことを前提に、勝林寺の離れ座敷七曜屋敷の主らがどう動くか覗いていきませんか」

と提案した。

「表に戻りますか」

と三人は正行寺の山門から門前町を通って里の人が鰻縄手と呼ぶ辺りで日光御

成道に出た。

「神守様、まさかこの数日の内に何度もこの寺町に来ようとは考えもしませんでしたよ」

と仙右衛門が言った。

たしかに今日だけで仙右衛門は二度ほど鰻縄手の寺町に来ていた。だが、仙右衛門の口ぶりはその他にも機会があったように聞き取れた。

「いえね、お芳のお父つぁんとおっ母さんの菩提寺が勝林寺の北隣の浄心寺なんでございますよ」

「先日参られた寺はこの門前町にありましたか」

「これもなにかの縁だ。浄心寺から勝林寺に忍び込みましょうか」

と仙右衛門が浄心寺の閉じられた山門へと幹次郎と宗吉を案内した。

「潜り戸が開いてればいいが」

仙右衛門が通用口の戸を押したが閂《かんぬき》が下ろされているのかびくともしなかった。

「番方、ちょいとお待ちを」

と宗吉が願うと築地塀《ついじべい》の瓦に飛びつき、体を捻り上げると塀に上がった。

「番方、隣寺に灯りがついていらあ」

と築地塀から勝林寺を覗いた宗吉の姿が消えた。そして、がたがたと門を外す物音がして、戸が開かれた。

「宗吉、本堂に灯りが入っているのか」

「いや、庭木越しに見たかぎりじゃ、離れ屋敷じゃないかと思うがね」

「七曜屋敷に灯りがな。最前の奴ら、離れ屋敷に詰めていやがったか」

と仙右衛門が呟いた。

浄心寺と勝林寺は墓地を共有しているせいで、墓地を抜けると勝林寺の敷地に入り込めた。灯りが庭木越しに零れる七曜屋敷へ、三人は忍んでいった。

田沼意次が生前寄進した土地に建つ七曜屋敷の大広間が東に向かって泉水《せんすい》に張り出すようにあった。

能舞台を大きくしたように池に突き出た大広間の三方が開かれ、煌々とした灯りが入っていたが人影はひとつとしてなかった。回廊を巡らした無人の大広間が池に突き出て浮かんでいた。七曜屋敷大広間の泉水に張り出した部分だけが高床になっていた。

湧き水が地中から出ているのか、泉水は豊かに水が溢れていた。

「ほう、わっしらを誘っているようでございますね」

「招きに応じてみようか」

と仙右衛門と幹次郎が言い合い、宗吉が、

「番方、水遊びの小舟が舫われてますぜ」

と泉水の岸辺に舫われた舟を指した。

「三人、乗れそうか」

「小さな池を渡るだけですよ、なんとかなりそうです」

石段を水辺まで下りた宗吉が舫い綱を解き、仙右衛門と幹次郎が乗り込んだ。長さ一間余の小舟に三人が乗り込むと喫水《きっすい》がぎりぎりまで上がった。だが、なんとか大広間まで辿りつけそうだ。

宗吉が静かに棹を差した。

池に突き出た大広間の下に小舟を着けてみると水面から大広間の床面まで一間半（約二・七メートル）ほどの高さがあった。

「それがしが先に参る」

一番手を幹次郎が志願し、水面に立てられた円柱と桁《けた》を利用して、大広間の回廊に上がった。すると無人だった大広間の奥、そこだけ高く作られた上段の間に覆面《ふくめん》で顔を覆った人物が座して、こちらを見ていた。

「神守幹次郎、そなたに会うのはこれで二度目じゃな」

「異なところでお会い致しますな、香取屋武七どの」

「他人様の屋敷に忍び入ってきたはそなたらのほう」

と香取屋武七が言った。

仙右衛門に続いて宗吉も回廊の欄干《らんかん》を越えてきた。

「よい機会やもしれぬ。香取屋どの、いや、黒澤金之丞どのと呼んだほうがよろしいか」

覆面の中で含み笑いが漏れた。

「今宵、連れはないのか」

「連れとな」

「御蔵前界隈であれこれと噂が飛んでおる。この際、確かめたいと思うてな」

「確かめたい儀とはなにか」

「われら、田沼意次様の墓に詣でてきたところ。しかしあの大名墓の下に眠っておられるのはどなた様にござるか」

「田沼意次様の墓なれば当然田沼の御前の亡骸にござろうな」

「田沼意次様が生きておられるという噂もある」

「噂をしておるのは吉原会所であろうが」

「このこといかに」

「神守幹次郎、田沼様の一周忌がふた月後に迫っておる。その折りにはすべてがはっきりとしよう」

「香取屋武七どのが御蔵前の札差百九株を牛耳る筆頭行司に就かれ、御蔵前を通して幕府と大名旗本諸家を操られるおつもりか」

「その力が御蔵前にないと申すか」

「武の力を見限られた黒澤金之丞どのがこと、その採算《さいさん》があってのことと存ずる」

「神守幹次郎、仙右衛門、七曜屋敷に参上した勇気に免じてわが殿様に引き合わせようか」

「いつにござるな」

「いささか事情ありて田沼意次様の月命日の集いを明晩に催す、その折りにふたりして来《こ》よ」

香取屋武七こと黒澤金之丞が告げ、奥の簾の中に身を没させようとして立ち止まり、幹次郎を振り返った。

「すでに蔵前はわが掌《たなごころ》にあり」

と香取屋武七が言い、姿を消した。

「神守様」

黙り込んでふたりの対話を聞いていた仙右衛門の視線は、大広間に並べられた膳の名札に落ちていた。

「膳の数は百九にございますよ」

「札差百九株か」

空の膳の上に名札が銘々に置かれ、その字が朱色のものと墨のものとに分かれていた。朱の字の名札が断然多かった。

「朱色は香取屋一派の札差の名、黒字は伊勢亀半右衛門様に与する者の名にございましょうな」

幹次郎らは朱色と黒字の名札を数えた。

「朱色は六十三、黒字は四十六」

と茫然とした声で仙右衛門が呟いた。

幹次郎らが把握《はあく》していた香取屋一派の数五十七、それよりさらに六人の札差が伊勢亀派から寝返ったことになる。

「伊勢亀の大旦那方はいよいよ追い込まれましたな」

仙右衛門が嘆息した。

「番方、この数字を信じてよいものか」

「これは真実の比率ではないと申されますか」

「入れ札は二月先の七月二十四日、なぜこの段階で数字を誇示《こじ》するのでござろうな。ひょっとしたらなにか香取屋一派に齟齬《そご》が生じて、このような猿芝居を演じておるのではないかな」

仙右衛門が考え込んだ。

「香取屋一派にとって一番の誤算は早々に伊勢亀の大旦那とうちが手を組んだことでしょうか。川遊びに四郎兵衛様が同行されたことで香取屋は、札差筆頭行司と吉原会所の七代目が緊密な連携を持ったと考えた」

「香取屋武七にとっては、七月二十四日の決選まで、香取屋一派の数は秘匿《ひとく》したいことではなかろうか」

「おそらくは。これからも両派の巻き返し、反撃、星の潰し合いが繰り返されましょうな。となればこれまで以上に御蔵前に小判の雨が降り、血で血を洗う長い戦いが始まる」

しばしふたりは考え込んだ。

七曜屋敷大広間に虚ろな空気が漂い、夜風が吹き抜けた。

「どうします、神守様」

「明晩の月命日の招きを受けようか。さすれば香取屋一派の真の数もお連れ様の正体も知れるやもしれぬ」

へえ、と仙右衛門が返事して、七曜屋敷の大広間をあとにして小舟に乗り移った。三人が勝林寺の墓地から浄心寺の境内に行こうとしたとき、待人がいた。

「早乗りの伝次」

と仙右衛門が呟いた。

「仙右衛門、香取屋の次蔵さんにいささか恩義があってな」

「仇を討つと言うか。半端者が義理を立てるなんぞやめておけ」

「香取屋でおれが生きていくためにもおめえの首を土産にする。さすれば」

「格が上がるか」

と仙右衛門が冷笑し、伝次が懐から匕首を抜き、逆手で構えた。

「お芳はおめえには勿体ねえ。おめえを始末したらおれの女にしよう」

ふっふっふ
仙右衛門が懐手のまま笑った。

「裏同心、こいつはおめえの出る幕じゃねえ」

と伝次が幹次郎を牽制し、幹次郎も、

「そなた風情を相手にしては番方の値が釣り合わぬわ」

「言うねえ」

間合は一間半余。するすると伝次が間合を詰めた。

「今晩も匕首を忘れたか」

と伝次は動きを見せぬ仙右衛門の態度を訝ったように訊いた。

「おれが懐に刃を呑んでないとみたか」

おう、と叫んだ伝次が逆手の匕首を振り翳して踏み込んできたとき、不動の仙右衛門の足が蹴り上げられ、草履が飛んで伝次の顔に当たった。ために伝次の動きが一瞬止まった。それでも伝次はしゃにむに突っ込んできた。

仙右衛門の懐手が抜かれたのはその瞬間だ。抜かれた手に匕首が翻《ひるがえ》って突っ込んできた伝次の首元を、

さあっ
と薙《な》いだ。
「ぎええっ！」
と絶叫した伝次がたたらを踏んで墓石にぶつかり、くたくたと崩れ落ちた。

四

駒込勝林寺の離れ屋敷、田沼意次の寄進の土地に建てられた七曜屋敷の大広間の威容《いよう》をふた晩続きで神守幹次郎と仙右衛門は泉水越しに見ていた。

無人だった大広間に次々に町人姿の札差の旦那衆が集まってきた。揃いも揃って全員が面体を隠していた。

百九の膳の前に六十三人が座したとき、屋の棟も三寸下がるという八つ（午前二時）の時鐘が響いてきた。

そして、座敷奥の上段の間に香取屋武七が姿を見せ、さらに簾の奥にぼおっとした灯りが点るとひとりの老人の姿が浮かんだ。

「田沼意次様に似てねえこともねえ。こう遠目じゃ真偽は分かりませぬよ」

「亡霊の正体を見分けるために間近に寄ったところでなんの意味もあるまい」

「で、ございましょうかね」

「猿芝居を今宵はとくと見物させてもらおうか」


今朝方、吉原の七軒茶屋の筆頭山口巴屋の朝風呂で幹次郎は四郎兵衛に未明に見聞した仔細を告げた。

「未だ田沼意次様が生きておる証しはございませんか」

「今宵の月命日の集いにて判明するかどうか」

「幕閣の中にも田沼意次様の生存説は根強くあるそうな」

四郎兵衛はあらゆる人脈を頼り、田沼意次の生存の真偽を探った様子があった。

「松平の殿様にはお尋ねになられましたので」

「いや、天下の老中に曖昧《あいまい》な話をお聞かせできますまい。お香様のもとへ上がることはまだ先に致しました。神守様、なんとしても亡霊の尻尾をしっかりと摑んでくださいませぬか」

「今宵の集いに招かれたのは番方とふたりにござる」

「この戦、長い戦いになろうかと思う。今宵、決着をみることはございますまい」

　と四郎兵衛が言い切り、

「このふた月、香取屋一派も伊勢亀の大旦那も千両箱を積み、身代《しんだい》を賭けての争いが繰り返される。今晩は猿芝居の幕開けにございましょう。せいぜい楽しんでくだされ」

　と幹次郎と仙右衛門が集いに招かれていくことを認めた。そして、最後に言った。

「大目付にはある筋を通じて今宵の集い、伝えてあります」

　ひゅーっ
　と夜空に笙《しょう》の音《ね》が響いた。すると百九の膳部の前に座した六十三人が頭《こうべ》を垂れた。

　仙右衛門と幹次郎は大広間の光景を見易い築山《つきやま》に登った。

　香取屋武七こと黒澤金之丞の声が響いた。

「七月二十四日の祥月命日の集いをふた月ほど前倒しして挙行致します。同志の方々にはよう参集なされました。ご覧の通りすでに蔵前の札差株過半数をこの香取屋武七の手に抑えてござる。およそふた月後、田沼意次様の一周忌に御蔵前では入れ札が催され、新たな筆頭行司が誕生する。その暁にはお手前方にはそれなりの役掌《やくしょう》をお願い申す所存にございます」

六十三人が頭を下げた。

「香取屋どの、そなたが筆頭行司に就いた暁には御蔵前がなんぞ変わろうか」

六十三人の中からひとりの札差が大声を張り上げた。

「どなたかな」

香取屋武七がじろりと声の主を睨んだ。

「集いは互いに面体を隠し、名も秘匿するのが習わしではなかったか」

「いかにもさよう。じゃが月命日の無言の集いに反した御仁は格別、名を名乗られませ」

「森田町利倉屋五郎平」

一座にざわめきが起こった。

利倉屋五郎平は現筆頭行司伊勢亀半右衛門と親しい札差とみられていたからだ。

「利倉屋どの、問いに答えよう」

「承《うけたまわ》ります」

「ただ今の幕府は瀕死《ひんし》の状態にございます。松平定信様がご改革を断行なされておられますが、旗本、御家人を救うために莫大な借金の帳消しなどおよそ政とは思えぬ策を弄するのみ、世間のあちらこちらから悲鳴が沸き起こっております。私ども札差百九株の財力を結集して、商いの力をもって暮らしの安定を図る所存」

「商いを重んずる政策はどなた様かが取られた。城の内外に賄賂が横行《おうこう》し、まいない鳥が飛び回り、神田橋のお方だけが私腹を肥やされた。その結果、かような混乱を招いたのではございませぬか」

「利倉屋五郎平、そなた、われらの御蔵前を中心とした改革に水をさす気か」

「いやさ、趣旨はよし。じゃが武は武の、政は政の、商は商の、農は農の分がございましょう。蔵前の札差が徒党《ととう》を組み、政の領域に手を伸ばしたとき、どなた様かおひとりが力を持ち、金子を懐にされるのではございませんかな」

一座に動揺が走った。

利倉屋五郎平はさらに追い討ちをかけた。

「香取屋武七、そなたの背後におられる人物、一体全体どなた様じゃな。よからぬ噂が私の耳に入った。となればかような集いも今晩が最後かと思う」

利倉屋五郎平が覆面を毟《むし》り取り、立ち上がった。

そのとき、天井から黒い影が利倉屋目掛けて落下してその首筋を、
さあっ
と撫で斬り、血を振り撒いた。

動揺が悲鳴と絶叫に変わった。

「静かにさっしゃい！」

と香取屋武七が侍言葉で一喝《いっかつ》し、座に静けさが戻った。

「利倉屋が伊勢亀半右衛門派の回し者ということは最初から承知のこと、この他にも何人かの伊勢亀派が潜り込んでおる。そのようなこと、この香取屋知らいでか！」

と大喝《だいかつ》した香取屋は、

「よいな、われらが天下を取るのはふた月後、それまで口を固く閉ざして沈黙を守り、商い専一に励まれよ。お手前方がどのような策を弄し、秘密裏に動こうとわれらは摑んでおる。利倉屋五郎平の二の舞いになりたくなくば、結束を固めて時を待て」

と命じた。

「畏まって候」

とひとりの札差が応じて、全員が平伏《へいふく》した。

突如勝林寺の山門前にざわめきが起こった。

「寺社奉行松平信道《のぶみち》様、大目付桑原盛員《くわはらもりかず》様相揃っての御出馬である。門を開けよ！」

の声が響き渡って、落ち着きを取り戻した一座がまたざわめいた。

「ご一統に申す。七月二十四日にはわれら晴れて面を曝しての商いに邁進《まいしん》できる。それまでしばしの別れである。予ての手筈《てはず》通りに寺地を抜けて、安全なる界隈に案内致す。ささっ、こちらへ」

と香取屋武七が六十二人に減った札差一同に命じた。

幹次郎は簾の中の人物が両脇から供侍に支えられて立ち上がったのを見た。田沼意次ならば七十歳の老人だ。その姿にはかつて威勢を誇った老中にして側用人の面影は見られなかった。

その年寄りが簾から消えて七曜屋敷の大広間の灯りがすべて消えた。

暗闇でざわざわと動く物音がして、人の気配も消えた。

「猿芝居、どう見ればよろしいので、神守様」

「さあてな」

と幹次郎は首を傾げ、

「かようにも怪しげな茶番を招いたのは松平定信様のご改革がうまく軌道に乗っておらぬことに起因《きいん》致そう」

幹次郎は田沼意次が未だ世に求められる背景を考えていた。

たしかに田沼政治には賄賂が横行した。だが、一方で大胆な経済政策を断行して財政改革の立て直しを行い、幕藩体制の見直しを行ったという評もあった。このような側面が六十数人の札差を勝林寺に集めたのではないか。

幹次郎は、田沼意次が老中辞職に際して、

「意次あえて御不審を蒙ること、身に覚えなし」

と上奏した文言《もんごん》を思い出していた。

だが、時は戻ることはなく、覆水盆に返らぬも理《ことわり》であった。

「番方、ふた月後に本舞台の幕が開くまで待つしか手はございますまい」

「ならばわっしらも吉原に戻りましょうか」

「その前に」

と幹次郎が築山を下りて勝林寺の墓地、田沼意次の墓に足を向けた。大名墓には蠟燭《ろうそく》の灯りが点り、もうもうと線香の煙が立ち上っていた。

幹次郎は、

「隆興院殿従四位侍従耆山良英大居士」

と刻まれた墓石を眺めた。

(この墓石の下に眠る者はだれか)

亡霊が世間を惑わしていた。

(そなたが何者か知らず。じゃがふた月後に必ずや冥界に戻っていただく)

と幹次郎は笠塔婆《かさとうば》に話しかけた。

そのとき、幹次郎と仙右衛門は、異様な殺気に囲まれていることを察した。

幹次郎は墓地の一角に遠州大草流の鎖鎌の遣い手津留野素女が塗笠を被って佇んでいるのを見た。そして、ふたりの周りを人を襲撃するように訓練された野犬の群れが囲んでいることを察した。

「亡霊が逃げ出す時間を稼ごうという算段か」

と幹次郎が素女に尋ねた。

素女の口からひゅっという口笛が漏れた。

「番方、この場はそれがしに任せてもらおう。姿勢を低くして田沼様の墓石にへばりついておられよ」

と命じた幹次郎は素女に向き合いながら、獣の襲来を待った。

突如墓地に旋風《つむじかぜ》が巻き起こった。

幹次郎は腰を沈めた姿勢で待った。

黒い旋風が一気に縮まり、四方から影が幹次郎目がけて跳躍《ちょうやく》した。

幹次郎が豊後を出るとき、携えてきた無銘の一剣、刃渡り二尺七寸を抜き打った。

げえええっ！

と一閃した刃に二頭の野犬が斬られ、幹次郎はその直後に身をわずかにずらして野犬の攻撃をそらすと、二撃目を襲来する群れに放っていた。

殺人犬に憐憫《れんびん》は無用だった。

三頭目、四頭目の犬が崩れ落ちた。

幹次郎は自在に動き回り、人を殺すために訓練された犬に向かい、刃を振るい続けた。

最後の一頭が跳躍の姿勢のままに地べたに叩きつけられて悶絶《もんぜつ》した。

「この犬どもを殺したのはそれがしの刃ではない。津留野素女、そなたが非情残酷にも殺人犬に育てた企てが死を招いたのだ」

幹次郎の言葉に激しい憤怒《ふんぬ》があった。

「なにを考えてのことか知らぬがそなただけは許せぬ」

「田沼意次様に楯突く者、松平定信から吉原会所のうじ虫まで殺す」

と素女が言い切り、鎖鎌を手にした。

「そなた、なんの謂れがあってその腕を亡き田沼意次様に捧げるや」

幹次郎の問いに素女の視線がひとつの墓に行った。墓石には、

「承《しょう》隆《りゅう》院《いん》殿《でん》宗《そう》山《ざん》良《りょう》祐《ゆう》大《だい》居士」

とあった。意次の実父意行の墓石だ。

「わが父、意行様の恩義を受けし者」

「律儀にも子のそなたが意次様に恩義を返すか」

もはや素女から返答はない。

血刀を提げた幹次郎は自ら鎖鎌の間合に入っていった。

勝林寺の本堂付近で騒ぎが起こっていた。だが、墓地は死の静寂に包まれていた。

素女が田沼意行の墓石にひょいと飛び乗った。

笠石の上に乗った女武術家の手から分銅が飛び、まっすぐに幹次郎の顔面を襲った。

ふわり
と幹次郎が手近の墓石の陰に飛ぶと分銅が墓石を打撃し、石を砕いて粉塵《ふんじん》を散らした。どう操っているのか、分銅が墓石の周縁を回転し始めた。そして、墓石の背後に身を置いた幹次郎を墓石に縫いつけようとするかのように迫ってきた。

幹次郎はさらに横手の墓へと飛び移った。分銅が生き物のように伸びてきて幹次郎に迫ったが、鉄鎖がわずかの差で届かなかった。

分銅が素女の手元に引き寄せられる間に幹次郎は、新仏《にいぼとけ》の前に残されてあった閼伽桶を片手に構えた。

ふたたび分銅が唸りを上げて幹次郎の体へと一直線に伸びてきた。

幹次郎は閼伽桶の底で受けた。分銅は木っ端微塵《こぱみじん》に桶の底を砕くとさらに幹次郎の手に伸びてきた。

その瞬間、強い打撃に抗して桶を手元に引きつけながら横手に投げた。分銅が壊れかけた桶に絡みついて流れた。

素女が鉄鎖を手繰り寄せた。だが、桶が絡んだ分銅にいつもの迅速さはなく緩《かん》慢《まん》に飛び戻ろうとした。

けええっ
と幹次郎の口から気合いが漏れて虚空高くに跳んだ。

片手に保持した血刀をそのままにもう一方の手で均衡《きんこう》を保ちつつ、素女が乗る田沼意行の笠石を越えて跳躍した幹次郎が一瞬虚空の一点に止まると落下に移った。

素女もまた必死で分銅を引き寄せると絡まった閼伽桶の破片を取り除こうとした。

ちぇーすと！

夜空に猛禽《もうきん》が発するような気合い声が流れて、片手殴りの血刀が素女に迫った。

素女が分銅に絡んだ閼伽桶の破片を取り除いたのはその瞬間だ。

だが、素女がふたたび分銅に力を与えようとしたとき、死が迫っていた。

がくん
という衝撃とともに素女の脳天に片手斬りの打撃が襲って素女を笠石の上から地べたに叩きつけた。

幹次郎は素女が乗っていた笠石の傍らに着地すると膝を曲げて衝撃を和らげた。

その目に素女が上体を立て、訝しい眼差しを虚空に彷徨《さまよ》わせるのが見えた。が、その直後、細身の五体から力が抜けて痙攣が始まった。

勝林寺に静寂が戻っていた。

寺社奉行と大目付が入ったのだ、調べが始まったのかもしれなかった。

「わっしらも消えましょうか」

と仙右衛門が言い、幹次郎が血振りをくれた刀を鞘に戻した。

いささか怪しげな集いであったとしても、密かに亡き人の菩提を弔うために集まった人々に場を貸したと寺側が主張すれば、寺社奉行もそれ以上の追及はできまいな、と幹次郎は思った。なにより集った面々が姿を消しているのだ。

大目付とて田沼意次生存の証しがあって初めて大目付の実権を行使できた。その田沼意次、いや田沼の亡霊も江戸の暗闇に紛れ消えていた。


四半刻後、幹次郎と仙右衛門は、根津権現の門前、里人が曙里と呼ぶ通りを吉原に向かって黙々と歩いていた。

いつの間にか、夏の夜明けが近づいていた。

「神守様、わっしに付き合ってはくれませぬか」

と仙右衛門が苦笑いし、

「下谷広小路に夜通し酒を売る店がございます。気持ちがざらざらして落ち着かないんで」

「それがしも同じ気持ち」

頷いた仙右衛門が不忍池に向かう疏水沿いの道を選び、幹次郎も従った。

「蛇の生殺しとはこんな気分にございましょうかな」

「番方、なにごともすっきりと割り切れるわけではあるまい」

「ふた月後にはなんとしても田沼意次の亡霊を仕留めてみせますぜ」

「かの者たちが闇に身を潜めたについてはそれなりの理由がなければならぬ。伊勢亀半右衛門派と香取屋武七一派の血で血を洗う戦いが繰り広げられる」

「われら、吉原会所にも火の粉が降りかかってきましょうな」

「必ずや」

ふたりは疏水を挟んで広がるふたつの拝領屋敷、上野館林藩《こうずけたてばやし》六万石、三河吉田藩《みかわよしだ》七万石の下屋敷の間を抜けて不忍池の端に出た。

池に朝靄が漂い、朝の光が静かに射た。するとふたりの目に池の中でひっそりと花を開こうとする蓮《はす》が映じた。

「おおっ」

戦いに疲れた幹次郎と仙右衛門のざらついた気持ちを洗い流してくれるかのような蓮の花の典雅《てんが》で清楚《せいそ》な姿だった。

朝靄の流れる中に蓮の香を嗅《か》いだ、と幹次郎は思った。

蓮の花　咲かんとして　香放《はな》つ

幹次郎の脳裏に駄句が浮かび、靄が流れる浮葉《ふよう》の上に大輪の蓮華《れんげ》が清々しくも咲き開いた。

二〇一〇年十月　光文社文庫刊

光文社文庫

長編時代小説

布《ふ》　石《せき》　吉原裏同心《よしわらうらどうしん》⒀　決定版

著　者　佐《さ》伯《えき》泰《やす》英《ひで》

2022年10月20日　初版1刷発行

発行者　鈴　木　広　和
印　刷　萩　原　印　刷
製　本　ナショナル製本

発行所　株式会社　光　文　社
〒112-8011　東京都文京区音羽1-16-6
電話　(03)5395-8149　編　集　部
8116　書籍販売部
8125　業　務　部

ISBN978-4-334-79410-1　Printed in Japan

組版　萩原印刷